JN022002

没落した貴族家に拾われたので恩返しで復興させます

2

六山 葵
Aoi Rokuyama

ill.福きつね

CONTENTS

Botsuraku shita kizokuke ni hirowareta node
ongaeshide/hukkou sasemasu

マーク
レオンに初めてできた友達。学院寮のルームメイトでもある。
レオン
不思議な前世の記憶を持つ本作の主人公。溢れる魔法の才能を活かして実家の復興を目指す。
モゾ
レオンが夢の中で出会った猫。元々は黒い影の塊だった。
ルイズ
勉強熱心な貴族の子女。負けず嫌いな一面も。
ヒースクリフ
王国の第二王子。レオンを敵視していたが今では良き友人に。

クエンティン
学院の卒業生。
優秀だが、つかみ
どころのない
性格をしている。
エイデン
不思議な
雰囲気を持つ
孤児院の少年。
ファ・ラエイル
（エレノア）
伝説の悪魔。
レオンと関わりが
あるようだが……？
登場人物紹介

プロローグ

暗く静まりかえった部屋だった。切り出された岩が規則正しく積み上げられた壁は古さこそ感じさせるが、立派な作りである。

その部屋は広いが家具の類は一切ない。代わりに、その部屋の真ん中に人影があった。

顔は見えない。顔どころか、着ている服すらも見えはしない。

黒いモヤのようなものが全身を覆っていた。

暗い部屋の中だというのに何故かその人型のモヤだけはっきりと見える。

生々しい息遣いが聞こえる。その人物は憤りを感じているようだ。

「何故だ……何故見つからない。あのお方に何と伝えればいい」

女性の声だった。怒りの他に焦りと怯えの感情も含まれている。

その人物は誰かと話しているようだ。人影は一つだけだが、声は複数聞こえる。

「例の……が見つかりました。報告の通りです」

「そうか、ならば急げ。我らには時間は残されていない。計画を急がせるのだ」

女性の声が最後にそう響いて、視界が暗くなっていった。

◇

寮のベッドで目を覚まし、レオンは自分が大量の汗をかいていたことに気がついた。

寝苦しさの原因はこれか、と小さくため息をつく。

夏ということもあり、最近は暑い日が続いている。昨夜もなかなかの暑さだったために寝苦しかったのだろう。

そのせいで変な夢を見たような気もするが、内容はよく覚えていない。

レオンは服を着替えたあとで、顔を洗いに部屋を出ていく。

チラリと隣のベッドに目をやると、そこに親友であるマークの姿はなかった。

最近はマークの方が朝が早いことも多い。レオンは特に気にせずに部屋の扉を閉めた。

廊下（ろうか）を進み、階段を下りて食堂へと向かう。食堂の隣（となり）に生徒用の洗面所があるのだ。

洗面所で顔を洗っていると背後に気配を感じた。

「レオン先輩、おはようございますっす」

という言葉と共に差し出されたタオルを、レオンは苦笑しながら受け取った。

「ありがとう、トッド。でもいつも言っているけど、それくらい自分でやるよ」

レオンは魔法学院の二年生になっていた。

タオルを差し出したのはトッド・コーファスという一年生である。トッドは地方貴族の出身なのだが気のいい人柄で、平民や貴族という身分の違いを気にしなかった。

入学してすぐに多くの先輩たちから気に入られるほど後輩力が高く、魔法の技術的な面においてレオンのことを尊敬しているようだ。

「今日は随分と遅いんすね。お疲れですか？」

トッドは心配そうにレオンの顔を覗き込む。レオンは「まあね」と簡単に答えた。

疲れているのは昨日行われた魔法祭のせいである。四つある寮対抗で魔法に関する様々な競技を実施する魔法祭は去年、悪魔による襲撃という大きな事件を招いた。

しかし、伝統を重んじた学院は今年も例年通りに魔法祭を執り行った。

二年生の代表として昨年と同じように魔法闘技に参加したレオンは、その反動で確かに疲れを感じていたのだ。

「そうか、ネメトリア先輩っすね。あの水魔法は華麗でした……気持ちはわかるっす。自分も悔しくてあんまり眠れなかったっすから」

トッドは両手で握り拳を作り、心の底から悔しそうな顔をする。

その表情だけでレオンはトッドが何か大きな勘違いをしているのがわかった。

レオンは単純に「魔法祭の準備と本番で疲れたために、いつもより起きるのが遅くなった」という話をしたのだが、トッドは「負けた悔しさから寝つきが悪くなり、よく眠れなかったのだ」と受け取ったらしい。

というのも、昨日の魔法闘技でレオンは負けているのだ。負かしたのは友人のルイズ・ネメトリアという女子生徒である。

レオンと同じくらい才能豊かで、さらに魔法に関する知識も豊富な彼女は、昨年レオンに負けた悔しさをバネに対策を練り、今年は見事に勝利をおさめた。その結果、魔法祭の総合優勝はルイズのいる北寮になり、レオンたちの南寮は二位という結果だった。

確かにルイズに負けたことにレオンは悔しさを感じてはいたが、それ以上にルイズの努力と才能を認めていた。悔しくて眠れなかったということは全くない。

むしろ悔しくて眠れなかったのはトッドの方であった。初めての魔法祭。もともと勝負に熱い男であるトッドは負けたことが心の底から悔しかった。

そのせいで夜もまともに眠れず、寮の中をうろうろしていたのだ。

「そうだ、マークを知らない？　もう起きてたみたいだけど」

「マーク先輩ならいつもの中庭にいましたっす」

トッドからマークの居場所を聞いたあと、礼を言って洗面所を出る。

そのまま寮の外に出てトッドの言っていた中庭へと向かう。

彼の言っていた通り、中庭にはマークの姿があった。木剣を握った姿が遠くからでも見えた。

その周りに数人が集まっている。

どうやらマークは誰かと木剣による模擬戦をしているようだ。

レオンがさらに近づいていくと、その相手が誰なのかわかった。

同級生のダレンのようだ。

「おい、田舎(いなか)剣士。また脇(わき)が甘いぞ」

「うるさいぞ二流貴族。お前こそいつもの気迫がないんじゃないか」

とお互いに罵(のの)り合いながら木剣を打ち交わしている。言葉だけを聞けば憎(にく)まれ口だが、その表情を見れば二人が本気で言っているわけではないとすぐにわかる。

二人はお互いに挑発し合うことで戦闘の意欲を高めているのだ。

魔法学院で木剣を使った模擬戦闘は珍しい。今日が魔法祭の翌日ということもあってか、二人の戦いを見物している観客たちは多い。

レオンは人だかりの合間を縫(ぬ)って最前列まで行くと、黙って二人の戦いを見届けた。

マークの剣がダレンの剣を弾き飛ばし、それを拾おうとしたダレンの胸にそのままマークの剣が突きつけられる。今回の勝負はマークの勝利のようだ。

「これで通算では俺の勝ちだよな」

とマークが勝ち誇ったように言うと、ダレンは少しむっとした様子で、

「まだ負けてねえ」

と意地を張った。

そのやりとりにレオンはくすりと笑ってしまう。

レオンが二人に話しかけようとすると、人だかりをかき分けてつかつかと歩いてくる女子生徒がいた。

「あなたたちね、少しは場所を考えなさい。通行人の邪魔になってるわよ」

多少迷惑そうに二人を叱ったのはルイズである。

ルイズは集まっていた野次馬たちをしっしっと散らし始める。二人の対戦が終わった辺りから徐々に人は減っていたが、ルイズのおかげで人の動きが加速する。

マークは「やべえ」と言い、ダレンは面倒くさそうにしている。

「いいだろ、別に。盛り上がったんだからよ」

ダレンはそう反論するが、ルイズはあからさまにため息をついてみせる。

「いいわけないでしょ。歓声が図書室まで聞こえてたわ。うるさいったらないんだから……」

そこまで言いかけて、ルイズは近くに立っていたレオンに気づいたようだ。

片手をあげて手を振ってくる。

「おはよう。ルイズは今日も図書室に行ってたんだね」

呼ばれたレオンは三人に近づいていき、ルイズが小脇に抱えた本を見ながら言った。

起きるのが遅かったとはいえ、時間はまだ朝と言っていい頃合いである。

魔法祭終わりで疲れているのはルイズも同じだろうに、そのひたむきさには頭が下がる思いだった。

「そうよ。次学期の選択科目の予習をしていたんだけど、外がうるさかったから切り上げたの」

マークとダレンを横目にあからさまな嫌味を言うルイズだったが、その表情からして本当に怒っているわけではないらしい。

「よし、いい度胸だ。その喧嘩買った」

とダレンが大袈裟に反応して剣を構えるが、ルイズの「また負けるわよ」という一言が突き刺さり、胸を押さえてうずくまる。

レオンは昨日の魔法闘技のことを思い出していた。

レオンとルイズの他に西寮の代表は去年と同じくアルナード・シウネが、東寮からはダレンが選ばれていたのだ。

つまりダレンもレオンと同じくルイズに負けたことになる。

「ダレン、しっかりしろ!」

マークが背中をさすっている。

その様子がなんとなく楽しくて、レオンはまたくすっと笑ってしまった。

「それで、レオンは選択科目、決まったの?」

思い出したようにルイズが尋ねた。

魔法学院では二年生から各分野別に学びたい科目を選択し、より専門的な魔法技術を学ぶようになる。

選択科目の授業が始まるのは魔法祭を終えてからなので、二年生はそろそろ科目を決めて提出しなくてはならない。

「魔法歴史学と魔法応用学にしようかなって」

レオンはまだ提出していない紙に書いた内容を思い浮かべながら答えた。

「あら、意外な組み合わせね」

ルイズは不思議そうに言う。二年時に選択する分野は大雑把(おおざっぱ)に「魔法を研究したい人向け」と「魔法を使用したい人向け」に分けられる。

各生徒は自分が将来どのような魔法使いになりたいかを考えながら、その分野の中から科目を二つ選ぶのだ。大抵(たいてい)は同じ分野の中から二つ選択するのだが、レオンの選んだ魔法歴史学は「研究者」向け、応用学は「使用者」向けの分野だった。

同じ分野からしか選んではいけないという決まりがあるわけではないが、レオンのような科目の選択の仕方は稀である。

「家を復興させるなら歴史学より高等魔術学とかの方が良くないか？」

いつの間にかルイズの痛烈な一言から立ち直ったらしいダレンが口を挟む。

ダレンの言う通り、レオンが将来「自分を育ててくれたハートフィリア家を貴族家として復興させる」という目標を叶えるためには「魔法を使用したい人向け」の分野から科目を二つ選び、「魔法を使う職業」に就く方が無難だった。

魔法研究の分野では何らかの新発見でもしないかぎり、そしてその発見が魔法使いにとって非常に有益でもない限り、貴族位をもらうほどの手柄とはならないからだ。

しかし、レオンはどうしても、昨年の魔法祭でレオンの前に現れた謎の悪魔――ファ・ラエイルについて知りたかった。

学院の図書室で調べたのだが、ファ・ラエイルについて書かれているものはどれも伝説に触れたおとぎ話に近いものばかりだったのだ。

魔法歴史学の授業をとれば魔法の成り立ちの深いところを学べる。

ファ・ラエイルについてより詳しく調べるためには、うってつけの授業だとレオンは考えた。

「魔法歴史学か、あんまり興味なかったけど面白いのか？」

レオンと同じく科目の選択に迷い、まだ書類を提出していないマークが言った。

それに強く反応したのはルイズである。

「当たり前でしょ！　本当だったら私だって選択したい科目よ。だって、講師があのマーシャ先生なのよ？　魔法遺跡の発掘実績を持ってて、国内でも指折りの歴史研究者だわ。身体を二つに分ける魔法があったら今すぐ使って私もその授業を選択してるわ」

とルイズは熱く、本当に悔しそうに語った。

彼女の今の成績やその勉強熱心な性格を加味すると、十分に魔法の研究者に向いているだろう。

しかし、ルイズは「魔法を研究したい人向け」の分野の科目を選択してはいなかった。

それには当然理由があり、ルイズなりに将来のことを考えて納得した上での選択だったが、それでも魔法歴史学をとれなかったことは悔しいようだ。

マークはルイズのその熱弁を聞いてあからさまに嫌そうな顔をする。

彼らの友達付き合いももう一年以上が経過した。ルイズがこういう反応を示す時は大抵、内容の難しい話が関係しているとマークは察したのだった。

「マークもまだ決めてなかったの？　それなら魔法歴史学はおすすめよ。魔法の始まりを知ればもっと魔法に対する考え方が柔軟になるわ」

とルイズはマークに勧めているが、マークは苦笑いである。

恐らくマークがこの授業を選択することはないだろうなと、横で話をしながらレオンは思った。

◇

魔法祭が終わり、学院は数日間の休校期間に入った。

休校は毎年のことではあるが、今年は例年よりも少し長い。

昨年の学院襲撃事件を受けて、今年の魔法祭は例年以上の警戒態勢で実施された。

そして何ごともなく終えることができたわけだが、その後の調整にも例年より時間がかかってしまうようだ。

仕事の増えた教師たちとは違い、生徒たちにとっては貴重な休み。

この機会に帰省する者も多いが、故郷の町と学院を往復する時間を考えると少し時間が足りないため、レオンは実家に帰らなかった。

この休校期間は休みが明けてからの新学期に備える時間でもあるので、その準備をしなければいけないのだ。

そんなわけでレオンは休校期間のとある日に、王都の町に買い出しに来ていた。

「こんにちは」

レオンが挨拶をしながら扉を開けると、目に入ってきたのは見覚えのある品々と古めかしい店内だった。

ここは一年生の頃にクエンティンに紹介されたリタ婆の店「魔魔堂」である。

「おや、いらっしゃい」

リタ婆とは別の店員がレオンに声をかける。よく見知った人である。

魔法学院の卒業生、元南寮監督生のクエンティン・ウォルス。レオンにとって尊敬できる先輩の一人だ。

「元気そうですね」

勘定場の台の上に肘をつき、店員らしからぬ態度で迎えるクエンティンにレオンは苦笑する。

学院を卒業後、クエンティンは何故かこの魔魔堂で店員として働き始めた。

学院での成績も良く、品行方正で貴族としての評判も悪くないクエンティンであれば、魔法の研究者だろうと魔法を使う仕事だろうと好きな道に進めたはず。

実際、クエンティンの就職先には学院の教師たちも注目していた。

蓋を開けてみればクエンティンは古ぼけた魔法具店の店員になっており、教師や学院生たちの間では当時「何で?」という疑問が絶えなかった。

レオンも不思議に思っていたが、それもまたクエンティンらしいと妙に納得もしていた。

何より、最も頼りにしている先輩が、卒業後も気兼ねなく会えるところにいる環境が素直に嬉しくもあった。

「それで、今日は何をお探しに？」

クエンティンが聞く。聞いてはみたものの、クエンティンにはレオンが何を探しているのか大体わかっているようだ。

何の科目を取るのか、前にレオンはクエンティンに相談している。

この時期に魔魔堂を訪れる理由が選択授業の準備のためであることくらい、察しがつくのだろう。

「応用学用の杖を一本と、歴史学で使う教科書をお願いします」

レオンが言うと、クエンティンはどこからともなく取り出したその二つを勘定場の台の上に置く。

「杖は応用学用に汎用のものを、教科書はしっかり学院の指定したものを用意しておいたよ」

やはり、わかっていたのかとレオンは思った。

知っていることもあえて聞くのはクエンティンの茶目っ気なのだ。

「そういえば、紹介したバイトはどうだい」

勘定を支払い、厚意で出されたお茶を飲んでいると、クエンティンがレオンに聞いた。

一年生の終わり頃、レオンはクエンティンにバイトの相談もしたのだ。

それまでもバイトを始めることを考えなかったわけではないのだが、一年生の時には私用で出費する機会が少なく、金銭面で困ることはなかった。さらに目まぐるしく過ぎていく学院生活で手一杯だったため、慣れることを優先していたのだ。

しかし、二年生に上がると選択科目によって教科書や魔法具で出費が増える。

選択授業が始まるよりも前にあらかじめ準備しておこうと、レオンはクエンティンにバイトを紹介してもらった。

それは「魔法具に記されている『印』の複製」のバイトだった。

印とは魔法具を作るため、魔力を文字にして道具に記すもの。

仕事の内容は、送られてくる見本の魔法具に記された印を、まだ印がない同じ道具に複写していくというものだった。

既に出来上がった魔法具の印を書き写すだけなので、それほど難しい作業ではない。

何よりも魔法具の勉強にもなるところがレオンは気に入っていた。

ちなみに、一年生の時に「色々な魔法具について知れる」という理由で魔魔堂でバイトしていたルイズも、二年になってから同じバイトを始めている。

魔魔堂を辞めたわけではなく、かけ持ちしているのだ。それに加えて学業も疎かにしないルイズをレオンは単純に尊敬しているが、彼女は彼女で働くことも勉強だと楽しんでいるようだ。

買い物を済ませたレオンはクエンティンに礼を伝え、店をあとにした。

思いの外話し込んでしまったらしく、レオンが外に出ると空はほんのりと赤くなり始めていた。

用事を全て終えたので、暗くなる前に学院の寮へと帰っていく。

◇

その日の夜、レオンは確かに自室のベッドの上で眠りについた。

しかし、気づいた時には暗い部屋の中にいた。突然の場面転換だったが、レオンは驚かなかった。

「またた゛」と思った。

それほどによく見る夢の中にいると、レオンはわかっていた。

もの心つく頃には既に見るようになった例の屋敷の夢だ。いつものように夢の中だけの相棒、黒猫の姿をしたモゾがレオンに擦り寄ってくる。

その身体を拾い上げて自分の肩に載せた辺りで、レオンは少しの違和感を持った。

モゾに触れた感触が妙にリアルなのだ。モゾの毛並みの艶も、持ち上げた時にしなる体もその重さまで感じる。

まるで現実のようだとレオンは思った。いつもの夢にもリアリティはある。起きてもハッキリと内容を覚えているし、夢で読んだ本のことはしっかりと記憶に定着している。

だが、それとはあまりにも違う。それよりもさらに現実味のある夢だった。

一瞬、本当に学院からその屋敷まで移動してきてしまったのかと思ったほどだ。

しかし、そうではないだろうとすぐに思い直す。

以前見た景色では、この屋敷の外は雪の降る極寒の地域なのだ。王都から雪の降る地域までは「飛行」の魔法を使っても数日はかかる。

レオンが寝ていたとしても、その間に一度も目を覚まさないはずはない。

いつもの夢の感覚との違いに戸惑いながらも、レオンは夢の中でのいつも通りの行動を取ろうと考えた。しかし今日は途中で足が止まる。上階に誰かがいる気配を感じたのだ。

何故そう思ったのかレオンには説明ができなかった。もの音がしたわけでも、レオンにそういう気配を察する能力があるわけでもない。ただ「いる」とわかるのだ。

肩に載っていたモゾがぴょんと飛び下りた。そしてそのまま屋敷の廊下を歩いていく。

「モゾ？　戻っておいで」

レオンが声をかけてもモゾは気にしていない様子である。レオンの前を真っ直ぐ進み、少し行ったところで立ち止まるとレオンの方を向いて、

「にゃあ」

と鳴いた。

――ついてきて。

レオンにはモゾがそう言っているように感じられた。少し考えてモゾの後ろをついていく。

少し進んではレオンを待つという行動を繰り返しながら、モゾは明らかにレオンのことを案内していた。

モゾに連れられて屋敷の階段を上り、とある部屋の前まで来た。

何者かの気配はどんどん強くなっていた。気配はその扉の向こう側から感じる。

「……開けていいのかな」

レオンはモゾに尋ねてみるが、モゾはもう我関せずといった様子であくびを一つしただけである。

腹を決めてドアノブに手をかける。開けるには強く押す必要があった。

ギギギという重そうな音とその音に見合うだけの抵抗を感じながら、扉を開いていく。

暗い廊下に温かい光が差し込む。部屋の中にはランタンが煌々と灯っていた。壁には大きな絵が飾られている。

あるのはそれだけだった。レオンの感じていた気配はもうすっかり消え失せていて、部屋の中に人の姿はない。

拍子抜けすると共に緊張から解放されて、レオンは大きく息を吐いた。

「勘違いだったみたいだね」

誤魔化(ごまか)すような笑いを浮かべながら、誰に言うでもなくレオンの口から言葉が漏(も)れた。

ただその視線は部屋の中のある一点から離せずにいた。

視線の先にあるのは部屋に唯一置かれた絵である。肖像画(しょうぞうが)のようだ。

白い髪をした優しい顔立ちの男が立っている。

「エレノアだ」

レオンは呟(つぶや)く。昨年の魔法祭の時、学院を襲撃した敵をヒースクリフと倒したあとにレオンの前に姿を現した男。もう一つの名をファ・ラエイル。

レオンが知りたいと思っている人物その人である。

絵の中のエレノアは優しい瞳でレオンを見つめていた。

その絵を眺(なが)めていると、レオンは優しい気持ちになった。

それから何故か懐(なつ)かしくなって、目から一雫(ひとしずく)の涙がこぼれ落ちるのだった。

特別授業編

Botsuraku shita kizokuke ni hirowareta node
ongaeshide hukkou sasemasu

休校期間が明けると、学院には生徒たちの騒がしい日常がすぐに戻ってきた。

新学期の新しい授業内容に戸惑う準備不足の者が何人か見られるからだ。そのうちの一人がマークである。

「魔法を使用したい人向け」の分野から二つの授業を選択したマークは「身体強化魔法基礎学」という授業で早速つまずいているらしい。

教師は一年時に担任だったグラント。彼は休校期間に取り組む課題を配っていたのだが、マークがそれに手をつけ始めたのは昨日のことである。

当然すぐ終わるわけもなく、マークが課題を完成させたのは夜遅くになってからだった。

案の定、今朝は寝坊してしまったのである。

「ああ！　もう起こせよレオン！　初日から遅刻なんて洒落になんねえよ」

焦った様子で支度をするマークはレオンに悪態をつく。

「僕は五回も起こしたよ。そのたびに『あと五分』って言って起きなかったのはマークじゃないか」

レオンは口を尖らせて反論する。当然、自分は既に授業の準備を済ませ、マークを待っている状態だ。選択した科目は違うが、途中までは一緒に行く約束だった。

「悪かったよ。俺を待ってたらお前も遅れちまうから、先に行ってくれ」

ローブを頭から豪快にかぶるマークを見て、レオンはため息をつきながら、「わかったよ」と返事をして部屋を出る。

去り際にマークが言う。

「応用学は同じだからな！　待ってろよ」

レオンは手をひらひらと振って返事をした。

外に出ると、授業の開始時間に追われて足早に行き来する生徒たちの姿が目に入った。

明らかに新学期の初日に気が緩んでいる様子だ。それに苦笑しながらレオンは魔法歴史学の教室を目指す。

「レオーン」

背中に声をかけられて振り返ると、同じクラスの友人の姿が見える。

「おはよう、オード」

挨拶すると、東寮に住む友人は息を切らしながら「おはよう」と返した。

レオンの姿を見つけて走ってきたようだ。

「そんなに慌ててどうしたの？」

「はあ……はあ……レオン、魔法歴史学でしょ？　一緒に行こうと思って」

息を整えながらオードが言う。レオンは以前教室で選択科目の話題になった時に、オードが魔法薬調合技術の授業を取ると言っていたのを思い出した。

歴史学と調合技術の教室は隣同士である。

「それで走ってきたのか。前もって言ってくれれば待ってたのに」

レオンが言うと、オードは少し恥ずかしそうにしながら、

「いや、本当は一人で行くつもりだったんだけど、いざ今日になると少し心細くなっちゃって。ほら、うちのクラスから調合技術の授業取ったの僕一人だから」

と笑った。

「あれ、ニーナも取るのかと思ってたけど」

ニーナ・レインもレオンたちと同じクラスの女子生徒である。

入学してレオンが初めて仲良くなった貴族出身の生徒はこのニーナとオードで、この二人はよほど気が合うのか、よく一緒にいるところを目にしていた。

オードもニーナも植物が好きという共通点がある。魔法薬調合技術はその名前の通り、魔法の植物から薬を調合する方法を学ぶ授業である。

魔法植物の豊富な知識を必要とするため、ニーナもこの授業を取るのだろうとレオンは思っていた。

「ニーナもすっごく迷ってたんだけどね。結局、植物学と魔法生物学にしたみたいだよ」

とオードが話す。

少し寂しそうなところを見るに、本当は同じ授業を受けたかったのだろうなとレオンは思った。

選択科目は比較的選べる授業の数が多い。

三年生になれば選択できる授業数も増えるが、二年生は二つまで。必然的に人気の授業とそうでない授業で人数差が出やすくなってしまう。

オードの選択した魔法薬調合技術はあまり人気のない授業に該当する。

そうしてそれはレオンの受ける魔法歴史学にも同じことが言える。

ルイズのような熱心な勉強マニアを除けば、せっかくの魔法の勉強でずっと座学になる魔法歴史学を選ぶ者は少なく、実際に魔法を使用する授業の方が人気なのだ。

少し不安そうにしているオードの横で、レオンは「僕も一人かもな」と思うのだった。

◇

「それじゃあ授業を始めます。さて、教科書の最初のページを開きなさい」

オードと別れて魔法歴史学の教室に入室すると、ほどなくして授業は始まった。

教鞭（きょうべん）を執るのはマーシャ・デンバース教授。ルイズに言わせると、魔法研究の分野において国内でも五本の指に入る実力者である。

それほどすごい人の授業を聞けると、少なからずワクワクしていたレオンだったが、実際に始まってみると授業は少し期待外れだった。

マーシャ教授の話はわかりやすい。学院長と同程度には高齢に見えるものの、声は大きくそれでいて優しい感じがして聞き取りやすい。

授業の内容もすんなりと頭に入るほど説明が上手い。ただ、話が脱線する頻度（ひんど）が高いのだ。

授業内容の途中で話を止めたかと思えば外の天気を見て、

「昔カナールという国に行った時にね……」

と天気と魔法に関わる体験談などを話している。

その話自体は面白いのだが、ファ・ラエイルについて知りたいレオンはもっと歴史の話をしてほしいと、もどかしい思いをしていた。

次第にレオンは耳だけをマーシャ教授の話に傾けて、視線は教科書に落とすようになった。

教授が他のことを話している時は教科書の内容を先に読み、話が授業に戻ればそれを聞くといった具合だ。ただ、教科書のどこを読んでもファ・ラエイルの名前はおろか、悪魔という単語すら出てこなかった。

「そういえばこんな話を知っているかね」

レオンがどこかに手がかりはないかと教科書をパラパラとめくり始めた頃、教授の話が再び脱線した。

その話はそれまでの教授自身の体験談とは少し違っていた。

「創世記に出てくる悪魔、ファ・ラエイルに関する伝説なんだがね」

レオンは教科書から目を離し、顔を上げた。

マーシャ教授は真面目に受講している数少ない生徒たち全員を眺めるように見回しているが、レオンは確かに目が合ったように感じた。

「ファ・ラエイルには親友と呼べる悪魔が一人いたそうだ。名前はア・ドルマ。ファ・ラエイルと同じく大きな力を持った悪魔だった。二人は魔法が大好きで、共に研究し、お互いを高め合った。いい関係だったんだろうね。ただその関係は壊れることになる。どうしてかわかるかい」

マーシャ教授は生徒たちに尋ねる。一人の生徒が手をあげた。

「ファ・ラエイルが人間に魔法を教えてしまったからです。悪魔の規則では人間には魔法を教えてはいけないことになっていました」

その生徒の回答にマーシャ教授は満足そうに頷いた。

「そうだ。それが原因でファ・ラエイルは親友を失った。しかし、彼だって悪魔の規則は知っていたはず。では何故彼は人間に魔法を教えてしまったのだろうね」

今度の問いに手をあげる生徒はいなかった。

創世記にはそこまでの内容は載っていないからだ。

「同じ研究者として私には少しわかる気がするよ。きっと彼には直感があったのだと思う」

「直感」という言葉をレオンは心の中で呟いた。

「多くの研究者がそうではないのかもしれないが、私が何かの研究を成し遂げた時、そこにはいつも直感があった。『これはきっと正しい』という直感がね。それは慢心でも油断でもなく、それまで積み重ねた知識と経験によって培われるものだ。君たちもいつか来るその直感を信じられるように、今のうちに多くのことを学ぶといい」

マーシャ教授はそう言って話を締めくくろうとしたが、生徒の中に手をあげる者がいた。

先程、教授の質問に答えた生徒だ。

「でも、それは伝説上のお話ですよね？　歴史学に大きく関わっているとは思えないのですが……」

その言葉には無言の圧が込められていた。

レオンはその女子生徒の名前は知らず、顔を何度か見たことがある程度だったが、どうやら彼女もレオンと同じように脱線するマーシャ教授の授業にもどかしさを感じていたようだ。

彼女の言葉は一見丁寧ではあったが「関係ない話をしないでください」という嫌味が込められているのに気づいたのは、レオンだけではないだろう。

それでも、マーシャ教授は特に気分を害した様子もなくその生徒の質問に答える。

「そうだね、これはあくまでも伝説と捉えられている。しかし、悪魔憑きという病気があったり、全ての人間が使えるわけではなかったり、魔法には未知の部分がある。それらを証明するために日々多くの魔法使いが研究を進めている。それらが完全に証明されるまで、全ての可能性を否定してはいけない。伝説だからと蔑ろにするのは思考停止だよ」

マーシャ教授の言葉は最後まで優しかった。しかし、そこには確かに芯の通った強い意志があり、女子生徒はそれ以上何も言えずにいるようだった。

そこで授業の終了を知らせる鐘が鳴り、教室内が不思議な空気に包まれたままマーシャ教授は授業を終わらせて教室を去ってしまう。

「先生、先生！」

その教授のあとを追いかけ、声をかける。

振り向いたマーシャ教授は「おや？」という表情をした。

「ハートフィリア君、何か用かね」

レオンはマーシャ教授が自分の名前を覚えているのが少し意外だった。

授業は今日が初日で、顔を合わせたのも今日が初めてだ。自己紹介をしたわけでもないので、まずは名乗らなければと思っていたところだった。

「先生、あの……さっきの話をもう少し詳しく教えていただきたいんです」

自分では気づいていないが、少し焦っているために説明が不十分になってしまっている。それでもマーシャはレオンが何故自分を呼び止めたのか察したようだ。

「学院長……レイナルドから君の話は聞いているよ。君の力になってほしいとも頼まれている。しかし、残念ながら悪魔の伝説についてはさっきの授業以上のことを私は知らないのだ。私にできることもさっき言った通り。来るべき時に己の直感を信じられるように、今はただ知識と経験を蓄えなさい」

マーシャ教授はそう言うと、そのまま去ってしまった。

教授と学院長はレオンが思っていたよりも親密な関係だったらしい。レオンはまさか学院長が自分のことをマーシャ教授に話しているとは思っていなかった。

次の授業の開始五分前を知らせる鐘が鳴る。

「知識と経験を蓄えろ」というマーシャ教授の言葉は、妙にレオンの心の中に残っていた。

◇

次の授業は選択科目の二つ目、応用学だった。

研究系の教室が多い特別教室棟から応用学の授業を行う第二グラウンドへ向かうためには、一度渡り廊下へ出て本校舎に渡り、それから外に出なければならない。

本校舎の廊下には後輩先輩問わず次の教室を目指して移動する生徒たちがいたが、その中に二年生の姿は多くない。

基本的に研究系の科目は特別教室棟で、実技系の科目は外で受けることになるので、レオンのように異なる分野の科目を取っていなければ本校舎に来る必要はないのである。

ただ少なからず二年生のローブが見えたことで、レオンは少し安心していた。

そして、その中に見知った姿を見かけて声をかける。

「ニーナ!」

ニーナ・レインはレオンの顔を見て嬉しそうな、安堵(あんど)したような表情を浮かべ、そして大袈裟に慌て始める。

「レオン！　ここで何してるの、早くしないと次の授業始まっちゃうよ」

急かすニーナを見て、レオンは今朝のオードの気持ちが少しわかった気がした。

知らない人たちに囲まれたあとに見知った友人を見つけると、安心するものだ。

「あれ、でもニーナの選択科目、どっちも研究系じゃなかった？」

レオンは今朝のオードの話を思い出す。

ニーナが選択したのは魔法生物学と魔法植物学だったはずだ。その二つはどちらも研究系の分野なので、教室は特別教室棟にある。

今いる本校舎を通る必要はない。

「魔法生物学の先生が初回の授業だからって、シーナライトを見せてくれたの！　可愛かったなあ……ってだから遅れちゃうって！」

シーナライトは空気中を優雅に飛ぶ小型の魔法生物である。

魔法生物の姿は普段は透明で人の目には見えないが、魔法を使うことで見たり触れたりすることができる。

シーナライトは臆病で有名な生物だが、心の優しい人間を見抜き、その者にだけ甘えることがあるという。

ニーナならばシーナライトもすぐに懐きそうだと思いながら、急かすニーナに見送られてレオンは本校舎をあとにした。

◇

案の定というか何というか、レオンはギリギリのところで応用学の授業に遅刻してしまった。

第二グラウンドが見えてきた辺りで始業の鐘が鳴ったのだ。

グラウンドの隅には既に応用学を受ける生徒たちが集まっていた。その中心に立つ教師らしき人影を見つけてレオンはさらに焦り、大急ぎで第二グラウンドに向かう。

だが、近づいていくにつれて様子が少しおかしいことに気がついた。

魔法応用学を担当するのはアイリーン・モイストという若い女性教師である。しかし、第二グラウンドにアイリーンの姿はなかった。

その代わりに生徒たちの前に立っているのは、レオンの見知らぬ男だった。

年齢からして明らかに生徒ではない。立場的には教師だろうとわかるのだが、レオンにはその男性を学院内で見た記憶がなかった。

心なしか集まった生徒たちも不安そうにしている。

その男性が近づいてきたレオンに気づき、ギロリと睨みつける。

「何だ、初日から遅刻か。大した身分だな」

その棘のある言い方にレオンはむっとしたが、自分に非があるために反論はしなかった。

「……まあいい。今日だけ見逃してやる。空いているところに勝手に並べ」

男に言われるままにレオンは生徒たちの列の後ろに並ぶ。

偶然ではあるが隣にはマークがおり、ささやいてくる。

「さっき学院長が連れてきたんだ。アイリーン先生の代理らしい」

代理という言葉にレオンは首を傾げた。

アイリーン先生はどうしたのだろう。

「俺はミハイル・ローニン。王都魔法騎士団の団長だ。得意魔法は召喚魔法だが、大抵の魔法はお前らよりも上手く扱える。アイリーン先生が諸事情により授業を受け持つことができなくなったため、学院長から頼まれて臨時講師となった」

ミハイルがそう説明すると生徒たちはざわついた。

それはそうだろう。ミハイルの説明では何故アイリーンが授業をできないのかは明かされていない。

生徒たちのその反応が好ましくなかったのか、ミハイルはあからさまに嫌そうな顔をした。

「諸事情とは何でしょうか。教えていただきたいです」

生徒たちの中からスッと手をあげて発言した女子生徒がいた。

レオンはさっきも似たような光景を見たなと思った。

「お前、名前は？」

「ルイズ・ネメトリアです」

「そうか。ルイズ、お前に二つ言っておく。一つ、俺の授業では勝手に発言することは許さん。次にやったら授業妨害（ぼうがい）とみなして減点する。二つ、大人が理由を明かさない時には必ず事情があるもんだ。次からはその辺を察してから質問しろ」

レオンは驚いた。ミハイルの物言いもそうだが、ルイズが応用学の授業を取っているのが意外だったのだ。

ルイズは内心では明らかに憤りを感じていたが、それを何とかグッと堪（こら）えた。

ミハイルはそれ以上生徒からの質問を受けつけず、淡々と授業を始めてしまう。授業のスピード自体は速いが、学院長が頼んだというだけあってその教え方はしっかりしていた。

魔法を応用した技術をミハイルが一通り教え、それを生徒たちが実践していると時間はあっという間に過ぎていった。

授業の途中で、レオンはマークやルイズの他にも友人がこの授業を選択していることに気がついた。

まずはダレンである。ダレンは高等魔術学基礎と魔法応用学という、選択できる科目の中でも特に実用性の高い科目を選んでいた。

それからもう一人。ヒースクリフ・デュエンもこの授業を選んでいた。

王国の第二王子であるヒースクリフとレオンは一年生の時には色々あった。しかし、傲慢だったヒースクリフは考え方を改め、今では二人は仲の良い友人同士である。

元々の才能に頼りがちで勉強を疎かにしていたヒースクリフだったが、この一年で魔法技術を大きく向上させていた。

わりと難しい応用魔法を成功させるヒースクリフを見て、レオンは少し嬉しい気持ちになった。

鐘が鳴り、授業が終わるとミハイルは再び生徒たちを集めた。一体何が始まるんだと生徒たちは緊張の面持ちである。

「実は俺が校長から頼まれた仕事はもう一つある。放課後の特別授業だ。これを受ける者は今の応用学みたいな生易しい授業になると思うな。魔法騎士団でも実際にやっている方法でお前たちに魔法を叩き込むからな」

その言葉を聞いて生徒たちはさらに緊張してしまう。

「一体何故、何のために」という質問をする生徒はいなかった。ルイズも今度は黙っている。

「参加者は希望者のみということになっている。よく考えてから志願するように。ただ今から呼ぶ二名は強制参加だ。拒否権はない」

ミハイルはそう念を押してから「レオン・ハートフィリアとヒースクリフ・デュエン」と名前を呼んだ。

二人の名前が上がり、生徒たちは再びざわつき始める。

今の二年生は昨年の魔法祭を経験しているため、学院が襲撃された事件の中心にいた二人の名前に強い反応を示したのだ。

「今呼んだ二人と関係の深い者はなるべく参加してもらいたい。この授業を受けていない者でも構わない。話は以上だ、解散」

ミハイルはやはり必要以上の説明はせず、そのままグラウンドを立ち去ってしまう。

残された生徒たちが訝しげに二人を横目で見ながらざわつく中、レオンはヒースクリフと顔を見合わせて不安そうにしていた。

「ちょっと！　行くわよ」

と二人の手を引いたのはルイズである。

ルイズは強引に二人を引っ張っていき、第二グラウンドを離れる。

そのあとをダレンとマークの二人もついていった。

「一体何なのよあいつ、腹立つわ」

人の少ない中庭に移動したあと、開口一番にルイズは悪態をついた。

「あいつ」というのはミハイルのことで、仮にも教師をルイズがそういう風に呼ぶのは珍しい。

「あんな風な言い方をしたら二人がどういう目で見られるかとか考えないのかしら」

憤慨(ふんがい)するルイズをレオンがまあまあと宥(なだ)める。

「僕とヒースが名指しされるってことは、きっと悪魔が関係しているからね。安易に説明できないのは仕方ないよ」

とレオンは補足するが、ルイズもそれは理解している。理解した上でミハイルの態度や伝え方が許せないのだ。

「事情が知りたければ特別授業に参加するしかないってことだな」

マークが言うと、ヒースクリフが驚く。

「マーク、参加する気なのかい？　さっきの話を聞いたろう、授業と言いつつこれはもう訓練だ。それもこの国の精鋭魔法使いを集めた魔法騎士団が受けているような。並大抵のきつさではないと思うが」

ヒースクリフは「参加するのはやめておけ」と遠回しに言ったつもりだった。

しかし、マークはレオンの肩に腕を回して言う。

「先生が言ってたろ。関係の深いやつは受けろって。この学院でレオンと一番仲がいいのは俺だ。俺が受けないわけないだろ」

肩を組まれてレオンは少し照れくさい。

「聞き捨てならないわね、私だってレオンの親友のつもりよ。それにあなたたちだけ特別授業を受けるなんてずるいわ」

ルイズも参加する意思を示す。

残ったのはダレンだが、誰かが聞くまでもなかった。

「マークが受けるなら俺も受ける。これ以上離されたら堪らねえからな」

口ではそう言っているが、内心ではレオンとヒースクリフを心配しているのだ。

「皆ありがとう。でも、本当に無理はしないでほしい」

レオンは言ったが、全員意見を変えるつもりはないようだった。

◇

その日の放課後、ミハイルに指定された教室にレオンはいた。

「参加する」と公言したマーク、ルイズ、ダレン。それからマークたちから話を聞いて参加を決めたオードとニーナの姿もあった。

それ以外の生徒の姿はない。ミハイルが応用学の授業でした話はすぐに二学年中に広まったようだが、進んで参加しようという者はいなかったらしい。

まだ現れぬミハイルを待つ間、教室内は静寂（せいじゃく）に包まれていた。

ガラリと唐突に後ろの扉が開く音がして、レオンたちの視線がそちらに向く。

「何だ君たち、随分と辛気臭（しんきくさ）いんじゃないか」

現れたのはミハイルではなかった。二年生のアルナード・シウネだ。

「アルナード！　どうしてここに」

驚いたレオンが尋ねると、アルナードは不思議そうな顔をした。

「何を言っているんだ？　ここで特別授業とやらを行うのだろう。魔法技術の習得のために留学しに来ている僕がそのチャンスを逃すわけがない」

アルナードは王国の出身ではない。王国の友好国から魔法学院へ留学という形で通っている。

彼からしてみれば、特別授業という響きは魅力的だった。

そこに今度は前の扉を開けてミハイルが入ってくる。

ミハイルは集まったレオンたちの人数を数えたあとで、

「まあまあだな」

と小さく呟いた。

それからまだ立っていたアルナードを席に座らせると、自分は教壇に立って話を始める。

「ああ……まずはお前ら、よく集まってくれた。これは突発的な事象に対して早急に練られた対策でな。人数が集まるかってのが一番の懸念点だったんだが、とりあえずは合格ラインだろう」

ミハイルはつらつらと言葉を並べるが、そこに昼間の授業で覚えた威圧感はないようにレオンは思った。

「お前ら、集まらなかった生徒たちを悪く思うなよ。ほとんどのやつには俺が圧をかけてある。その圧に負けないようなやつじゃないと意味がないからな。それにこれからするのは、ある意味この国の根幹を揺るがすような話だ。おいそれと話していい内容じゃねえ」

ミハイルはそう言ってから、その重要な話を始める。

まずミハイルが口にしたのは、応用学の授業を受け持つはずだったアイリーン・モイストの名前である。

「アイリーン・モイスト先生は現在、行方不明だ。正しくは誘拐された」

「誘拐」という物騒な言葉を聞いて、レオンたちは息を呑む。

「犯人はわかっているんですか」

とレオンは尋ねる。ミハイルがジロリとレオンを睨む。

昼間の応用学の「許可なく発言をするな」という言葉を思い出してまずいと思ったが、ミハイルはそこには言及しなかった。

「攫ったと思しき者の魔力の痕跡を調べたが、途中で綺麗に消えていた。わかっているのは相手が信じられないほどに強い魔力を持っているということくらいだ」

「そのお話とレオンとヒースクリフを名指しで集めた話と、どう関係するのでしょうか」

次に質問したのはルイズである。

ミハイルはそれに対しても怒ることなく返答する。

「この一件と二人を呼んだことに直接関係があるのかはまだわからない。だが、俺の勘と学院長の判断で計画を実行することにした」

その計画について、ミハイルは他の生徒から質問が来ないうちに伝えることにした。

「お前たちには悪魔に立ち向かえる力をつけてもらう」

ミハイルによると、この計画が最初に持ち上がったのは昨年の魔法祭のあとだったらしい。

学院が襲撃された時、学院長自らが悪魔を名乗る人物と対峙したことで、学院内では「悪魔の存在を認める」という方針で話が進んでいる。

そうなると次に考えなくてはいけないのは「悪魔の目的は何なのか」であった。

何故悪魔はこの国に現れたのか。今後も現れる可能性はあるのか。

教師たちが考えた可能性は二つ。

それがレオンとヒースクリフである。

学院が襲撃されたのと同時期に、伝説上の悪魔ファ・ラエイルと関係があると明かしたレオン。

単純に考えれば悪魔がこのレオンという特異な存在を狙って再び現れる可能性は高い。

そしてもう一人、この国の第二王子ヒースクリフである。

悪魔が一度この国に現れ、学院を襲ったという事実だけを考えれば保護するべきは第二王子であるヒースクリフだという意見が多かった。

「つまり、今回特別授業と称して二人を集めたのは、二人が悪魔に襲われた時に対抗できるようにするためなんですね？」

ここまでの話をもとにルイズがミハイルに確認をとる。それにミハイルは頷いて続ける。

「それだけじゃない。二人と関係の深い生徒にも同様の授業をすることで、生徒たち自身に自分の身を守れるだけの力をつけさせるのが目的だ」
ミハイルはあえて言わなかったが、それはつまり「レオンやヒースクリフが悪魔に襲われた際に
その近くにいるマークやルイズが共に戦って二人を守れ」ということだった。
そして、生徒に生徒を守らせるというこの案は、昨年の魔法祭後の教師たちの話し合いでも実際
に出てきたものである。
しかし、その時は結局この案は否決された。
「守るべき生徒に戦う術を教えるなんて危険です。自分の力を過信した結果、不幸な未来を招いて
しまうかもしれない」
と強く反対する教師がいたからだ。
だが、結果としてミハイルによってこの時の案は採用され、実際に生徒たちを集めて動き出して
いる。
その理由が先にミハイルが話したアイリーン・モイストの誘拐事件である。
「俺は魔法騎士団の団長としてその現場を見た。そして、普通の事件とは違う何かを感じたんだ」
ミハイルはそれを悪魔の存在と結びつけたのだった。
「俺個人の意見としては、悪魔は存在する。そうじゃなきゃ、学院長がこの話を俺のとこに持って
くるわけがないからな。学院長はそれほどに信頼できる人物だ。だが、世間では悪魔はまだおとぎ

話の存在だと思われている。この学院にもそう思っているやつがいるだろう。生徒だけじゃなくて教師にもな。それじゃあダメだ。やつらのやっていることが何なのかわからない上に、後手に回る。だから学院長の許可を取り、特別授業という形で実施することになった。お前らの安全のためにどうか強くなってくれ」

ミハイルは話をそう締めくくった。それ以上、ミハイルに質問する生徒はいなかった。

皆、彼のその話を真摯に受け止めたのである。

特別授業はすぐに開始された。

ミハイルが想定している強敵、悪魔に生徒たちが対抗できると判断されるまで、特別授業は通常の授業のあとに毎日行われる予定である。

ミハイルは生徒たちを学院の地下に連れていった。

大きな空洞になっている地下は学院の授業でもよく使われる特別な場所だ。

魔法の影響を受けやすいように作られたその場所では、魔法使いの思うままの環境を作り出せる。

ミハイルが望む特別授業を行うのにこれほど適した場所はない。

「さて、俺は事前に『特別授業は相当にきつく、生半可な覚悟じゃ死ぬかもしれない』と色んな生徒に圧をかけた。まさかここまで集まりが悪くなるほど腰抜けが多いとは思わなかったが、だがそれは嘘じゃない。何故ならお前たちにはこいつらと戦ってもらうからだ」

そう言ってミハイルが地面に向けて杖を振ると、土がボコボコと盛り上がってくる。

盛り上がった土は人の形になり、それが八体。

レオンたちの人数と同じ数だけ並んだ。

その様子に苦言を呈したのはやはりルイズであった。

「土人形の魔法は二年生の最初に習っています。正直、先生が操ったとしても私たちの敵ではないと思います」

「土人形」という魔法はミハイルがやってみせたように、土を使って人型の人形を作り出す魔法である。

生み出した人形は魔法の使用者が操るのだが、複雑な命令は受け付けない。一体のみを操るのだとしても、できるのは何かを持たせて目に見える範囲で運ばせるくらいだ。

それを八体同時に操るとしたらどんな魔法使いでも満足に動かすことはできないだろうと、ルイズは思った。

いや、ルイズだけでなくその場にいた生徒全員がミハイルの土人形を見て拍子抜けしていた。

しかし、ミハイルは「ほう」と感心したように呟く。

「ルイズ・ネメトリア、お前はこいつらに勝てると思ったんだな？　いや、表情から察するに他のやつらもだな。なら、その力を俺に見せてみろ」

ミハイルはそう言って杖を振った。

立って静止していた土人形たちが一斉に動き出した。

八体いる土人形は一体ずつ誰を相手にするのか、あらかじめ決めていたかのように分かれる。

一方、不意を突かれたレオンたちはその突然の攻勢に明らかに動きが遅れていた。

空を飛んで距離を取ろうとする者、剣を構えて迎え撃とうとする者と動きもバラバラである。

「気をつけろよ。周りを見ないで魔法を撃てば仲間を巻き込むぞ」

他人事(ひとごと)のように言うミハイルはいつの間にか、「飛行」の魔法でレオンたちの上を飛んでいる。

高みの見物を決め込んでいるようだ。

「皆、距離を取るんだ！　自分の魔法で他の人に被害を出さないように！」

土人形の攻撃を避けるために一度空中へ逃れたレオンは、全員に聞こえるように言った。

その声を聞いて、地上で迎え撃とうとしていたマークたちも土人形から距離を取ろうと動く。

生徒たちはそれぞれ一定の間隔(かんかく)で距離を空け、自分が十分に魔法を使える空間を確保した。

「離れちまえばあとは倒すだけだ」

地面を走っていたマークは周りに他の生徒がいないことを確認してから、踵(きびす)を返す。

手に持った杖代わりの剣には十分に魔力を蓄えてある。

「『火炎』！」

突き出した剣先からうねるような炎の魔法が噴き出す。

魔法でできた土人形は意外にも脆(もろ)い。

どんな魔法であれ当たれば崩(くず)れ落ちる程度の強度だ。

マークの炎は土人形を壊すには十分な魔法だった。当たれば……の話だが。

「嘘だろ」

彼を追いかけていた土人形は、マークのその炎の魔法を地面を蹴って飛び上がることでかわしたのである。

それは二年生のはじめにレオンたちが授業で習った土人形の動きではなかった。

炎を避けた土人形はそのまま着地すると、さらに加速してマークとの距離を詰める。

「避けろマーク！」

ダレンが叫んだ。土人形が拳を振り上げていたのだ。

今、自分たちの知らない動きをしてみせた土人形の攻撃を「大したことはない」と軽んじるほど生徒たちは愚(おろ)かではない。

剣を置いて攻撃に備えようとしたマークだったが、土人形の攻撃は速かった。

攻撃を受けたマークの体が宙に浮く。

すかさずレオンが飛んでいき、空中で受け止める。

「大丈夫、マーク？」

レオンが尋ねると、マークは抱えられた状態から自分で「飛行」を使い宙に浮くと、「ああ」と返事をした。

「いいのか、レオン。人のことだけを気にしていて」

頭上からミハイルの声が降ってくる。

その声にハッとするのと同時に、鈍い衝撃がレオンを襲った。

土人形の一体が空中でレオンを殴り飛ばしたのだ。

その土人形は地面に向かって吹っ飛んだレオンに向けて追撃を仕掛ける。

明らかに土人形は空中で姿勢を制御して移動していた。

「土人形が魔法を？」

思わず声を漏らしたのはルイズだったが、魔法であるはずの土人形が魔法を使うという不思議な状況に驚愕したのはその場にいた生徒全員である。

そこから先はもう酷いものだった。

誰かが土人形に攻撃されてそちらに注意を向ければ、その間に自分を狙う土人形に距離を詰められる。

反撃をしようと魔法を使っても、それを避けられるか防がれる。

目の前の敵に集中しすぎると、近くにいる仲間を巻き添えにしてしまう。

お世辞にも二年生で好成績をとっている者たちの動きではなかっただろう。

そんな状態がしばらく続いた。

空中でずっと様子見をしていたミハイルがため息まじりに地面に下りてきて、

「やめ」

と告げた。

その頃にはレオンたちは満身創痍、立っていられる者は一人もいなかった。

「情けねえなあ」というミハイルの声を、レオンは地面に仰向けになったまま聞いていた。学院の地下には魔法で作られた空が広がっている。

その青を眺めながらレオンは呼吸を整えた。

「先生、あの土人形は精霊の依代だったんですね」

ややあってレオンがそう尋ねると、ミハイルは頷いた。

不思議と嬉しそうに見える。

「まあ、そのくらいは学んでもらわないとな」

ミハイルはそう言ったあとで、八体の土人形に何か新しい魔法をかける。

するとく土人形からふわふわと光る球のようなものが現れて、レオンたちの周りをくるりと一周して消えていった。

「痛みが……」

レオンは土人形に殴られた痛みが和らいでいることに気がついた。

「今のは俺が召喚魔法で呼び出した精霊たちだ。精霊の中には癒しの効果を与えるやつもいるからな。ボコボコにしてごめんってことだろうよ」

そう言ってミハイルは笑う。

土人形は彼が操っていたわけではなかったのだ。

精霊というこの世界とは別の世界に存在する生き物をミハイルが召喚して、その魂が土人形の中に入っていた。

つまり土人形を動かしていたのは精霊だったのである。そのことに気づいてレオンは土人形の多彩な動きに納得した。

「精霊は独自に魔力を持ってるからな。土人形に入った状態でも魔法が使える。それでも、力はだいぶ制限されるからお前たちと実力は五分五分ってところだな」

何も手を出さなかったのはレオンたちの実力を知るためだったが、さすがに大怪我をさせる気もなかった。

怪我をする前にやめたつもりではあるものの、ミハイルは念のため生徒の身体の状態を目視で確認していく。

「教科書や授業で学ぶのと実際の戦闘はだいぶ違ったろう。今の世代の魔法使いで、他の魔法使いと命をかけた本当の戦いをしたことのあるやつはそうそういないだろうからな」

そう言われてレオンたちは顔を伏せた。

ミハイルの言う通りだった。明確な攻撃意志を持った敵が迫ってくると、それだけで身体が強張る。

仲間の位置や敵の距離など考えなければいけないことが多く、しかもそれは常に変化して余裕がなくなる。

本を読んで魔法を練習するのとは難易度が桁違いだった。

「今日の授業はそれを私たちに教えるためのものですか？　自惚れるな、と」

そう質問したのはルイズだった。土人形を侮っていた先程の自分の言葉を思い出し、少しばつが悪そうにしている。

ミハイルは少し考えたあとで、

「いや」

と否定した。

「俺が伝えたかったのは、連携することの大切さだな。例えば、今の学院の教師陣を見てみろ。確かに優秀な才覚を持ち、国内でもトップクラスの魔法使いが集まっている。だが、その中で本気の殺し合いをしたことがあるやつはどのくらいいる？　恐らく学院長ですら数えるほどしかないだろうな。それで、お前らが相手にすることになる悪魔はどうだ？　この学院の教師たちで倒せると思うか」

ミハイルの質問にレオンたちは誰一人答えられなかった。

悪魔と戦ったことがあるのは学院長ただ一人。

その学院長でさえも勝てたわけではない。

学院の教師たちが悪魔に勝つのは正直難しいだろうと、誰もが思ってしまった。

ミハイルは沈黙を否定と捉えた。

「そうだろ。そんな連中と戦わせるために俺はこれからお前たちを鍛(きた)えていくんだ。正気とは思えない。ただな、お前らには横に支えてくれる仲間がいる。一人で戦うことと仲間と戦うことはまるで違う。この特別授業には個々の才能を伸ばすって意味ももちろんあるが、一番はお前らが連携して、強敵を相手にしても時間を稼(かせ)げるようになることだ。時間さえ稼いでくれれば……俺が駆けつけるからな」

それまで見せたことのない笑顔でそう言うミハイルを、レオンは素直にカッコいいと思った。

そして、それは恐らく他の皆も同じである。

この日から辛く厳しい特別授業が開始されたが、誰一人としてミハイルに文句を言う者はいなくなり、その背中を必死に追いかけるようになったのである。

◇

「へぇ、大変だね。それで最近は皆来なかったのか」

いつもの勘定台に頬杖（ほおづえ）をつき、クエンティンが言った。

場所はクエンティンの勤める魔魔堂である。

特別授業が開始されてから一ヶ月が経（た）ち、レオンはこの日、学院の休日を利用してマークと共に魔魔堂を訪れていた。

魔法具に印を付与するインクを買いに来たのだ。

「二級の魔法具用インクに小サイズの核？　また杖を作るのかい」

レオンの買おうとした品物を並べてクエンティンは呆（あき）れたように言った。確かにレオンはその材料でマークの剣に杖と同じ効果の印を付与するつもりだった。

クエンティンが指摘したのはその回数だ。

レオンはもう四回以上、マークの剣に付与をしている。

例のバイトのおかげでレオンの魔法具作りの技術は日々向上しているとはいえ、中々に高頻度である。

「魔法具目的で作られていないものに印を付与すると壊れやすくなるって聞いたことがあるけど、そのわりにマークの剣はしっかりしているね」

クエンティンはマークが腰に差した剣を見ながら言う。

「一応町に帰った時に知り合いの鍛冶職人に見てもらってますからね」

マークは剣を褒められて得意げである。この剣は学院に入学する時に故郷の町で衛兵をしていた彼の父が贈ったものである。

「魔法使いになる息子に剣をプレゼントするなんて」とマークはよく言っているが、それが照れ隠しであることをレオンは知っていた。

一年生の時にレオンがこの剣に魔法具としての印を書き記してから、レオンの技術が向上するたびにマークは剣への印の付与を頼んでいる。

いっそのことプロの魔法具技師に頼んではどうかと言ったことがあるのだが……

「それじゃあお前の練習にならねえだろ。それに、将来レオンがすごい魔法具技師になったら自慢できるからな」

とマークは笑っていた。

「いいことだと思うよ。杖にした魔法具は持ち主(ぬし)がどれくらい大切にしているかで使いやすさが変わるって言うからね。子供の頃からの持ちものをあえて杖にしている魔法使いもいるくらいだ」

クエンティンが言った。

「へえ」と感心したような、意外そうな声を上げたのはレオンである。

クエンティンの口ぶりはまるで杖となったものにも感情があり、それが持ち主の気持ちに応えるのだと言っているようだ。

レオンの知るクエンティンはどちらかといえば、そういった迷信めいたものを信じない人物だった。

決してものを雑に扱うというタイプではないし、お茶目な部分が目立つことも多いが、目で見たものしか信じない現実的な人物だと思っていた。

そのことを話すと、クエンティンはくすくすと笑い出した。

「そうだね、レオン。なかなかいい観察眼をしているよ。少なくとも学生時代の僕はそうだったろうね。杖を大切に使えばその分だけ杖が応えてくれるなんて、あの時の僕に言っても信じなかっただろうさ」

それからクエンティンは何がおかしいのか、さらにくすくすと笑い続ける。

レオンとマークは置いてけぼりだった。

「いや、ごめん。何を隠そう僕がそう思うようになった原因はレオンだったからね。本人に自覚がないのがなんだかおかしくて」

クエンティンは笑いながらその時のことを二人に話す。

それはまだクエンティンが学院の生徒だった頃、卒業が近くなった時期の話である。


その日、クエンティンはレオンと共に学院の南寮にある倉庫の中にいた。

「よく三年間でこんなにため込みましたね」

「定期的に僕の職人魂に火がつくことがあったからなあ。出来のいいのは大体売れてしまったし、ここにあるのは出来損ないばかりだけど」

淡々と話す二人の前にあるのは積み上げられた魔法具である。

それは市場ではあまり見ない類の魔法具。

全てクエンティンの手作りであった。

学生時代から魔法具を自作するようになったクエンティンは、作った魔法具を趣味程度に売っており、売れ残ったものは寮の倉庫にため込んでいたのである。

売れ残りだけあって、積まれた魔法具はレオンにも使い方がわからないものが多かった。

「これは何です？」

手近な魔法具を一つ手に取り、レオンが尋ねると、クエンティンは首を傾げる。

「何だろうね」

その返答にレオンはため息をつく。

「自分でも覚えてられないような魔法具を作らないでください」

そう言ってクエンティンを叱る。

しかし結局先輩の圧に負けて、魔法具を片付けるのを手伝うのであった。


「その日の最後にレオンが僕に言ったんだよね。『用途がわからないまま捨てられる魔法具が可哀想です』って。いやあ、道具の気持ちになって注意してくる人がいるなんて、目から鱗だったよ」

魔魔堂のカウンターで楽しそうに話すクエンティンに対し、レオンは少し顔を赤くしていた。

「真面目に聞いて損しましたよ！　少し感心したのに茶化すなんて」

レオンは怒るが、その反応でさえクエンティンの思い通りである。

「茶化してなんかないさ。本当にそう思ったんだから」

と笑うクエンティン。

唯一客観的にこの話を聞いていたマークには、クエンティンが本気で言っているのかどうかはわからなかった。

ただ、いじられるレオンもいじるクエンティンも楽しそうだからいいかと思っただけである。

魔法演習編

Botsuraku shita kizokuke ni hirowareta node
ongaeshide hukkou sasemasu

暗い場所だった。暗すぎて周囲の様子は何一つわからず、石でできた冷たい床の感触だけが伝わってくる。

何故こんなことになったのか彼女にはわからなかった。

いつものように学院に行き、いつものように授業をして一日を終える。そんな平凡な生活のはずだった。

そんな平凡な生活を求めていた。

それなのに、何故こうなってしまったのか。

アイリーン・モイストは両手を壁に張りつけられ、足先だけが床につくような形で吊るされていた。

食事や水も満足に与えられず、睡眠も十分にとれない。

そんな状態の中で数日間意識を保ち続けたのは彼女の胆力があってのことだろう。

突然拉致された彼女は自らの現在地を把握することもできていなかったが、自分が悪魔に攫われたのだという事実だけは理解していた。

目の前に現れた男がそう名乗ったのだ。自分は悪魔だと。

その男の魔力はアイリーンの魔力などはるかに超えていた。見た目は人間に見えるのにその魔力は恐ろしいほどに冷たかった。

その悪魔と対峙した瞬間に、アイリーンは戦うのを諦めてしまった。

「勝てない。敵うはずがない」と、そう思った。死の恐怖すら霞むくらいに感情がなくなってしまった。

しかし、生きることを諦めた彼女の思いとは裏腹に、悪魔は彼女を殺すことなく連れ去ったのである。

拘束されたアイリーンの元に、毎日のように違う人物が現れる。いや、その冷たい魔力は人間ではなく悪魔だった。違う悪魔だ。

今まで伝説だと思っていた悪魔が大勢いるという現実に、アイリーンはついていけなかった。

「こいつじゃない……他の者を」

「可能性はあるが……あまり危険は冒せない」

まるで品定めをするように悪魔たちはアイリーンをジロジロと見て、何か一言呟いて去っていく。

そんなことを何回か繰り返していた。

自分は何のために連れてこられたのだろうか？

悪魔たちのエサになるのだろうか。

それとも何かしらの儀式(ぎしき)の生贄(いけにえ)にされるのだろうか。

連れてこられた最初のうちは常にそんなことを考えていたアイリーンだったが、時間が経つにつれてそれはどうでもよくなっていった。

どんな目的だろうと自分は生きては帰れないだろう。飢(う)えと疲労で鈍った思考力では何も考えられず、ついに彼女は考えることをやめてしまった。

脱出を試みようともしたが、アイリーンの両の手を縛(しば)る鎖(くさり)は魔力を吸収するようで、魔法を使おうとしても無駄だった。

さらに、次々に現れる悪魔たちとの力の差を前にしてアイリーンはそれもやめてしまった。

そんな彼女の元に今日も一人、悪魔がやってきた。

黒い髪の女性だった。

その女性はボロボロになったアイリーンを一目見て、ニコリと微笑む。

とても優しい笑顔だった。

アイリーンはその女性の瞳を見て一瞬恐怖を忘れた。

「間違いないな。ようやく見つけた」

黒髪の女性はアイリーンの頬に手を添えてじっくりと眺める。

悪魔の行動の意味も、発した言葉の意味もアイリーンには全くわからない。それでもこの場所に繋がれている時間はもう終わりなのだとなんとなく察していた。

悪魔たちの探していた何かがようやく見つかった。それだけはわかった。

鎖が断ち切られ、アイリーンはその場に倒れ込む。

「……うぅ……う」

アイリーンの目から自然と涙が溢れた。それが恐怖によるものか、悲しみによるものか、アイリーン自身にもわからないだろう。

黒髪の女性がアイリーンの頭を撫でる。

「おめでとう、お前は選ばれた」

その言葉を最後に、アイリーンは自分の感覚がなくなっていくのを自覚した。

◇

ミハイルは机の上に置かれた紅茶のカップに口をつけて顔をしかめる。

甘すぎる。

「イシバラの高級な茶葉を取り寄せたが、口に合わなかったようだね」

違うカップで同じ紅茶を飲みながら学院長レイナルドは笑う。

「職業柄、こういった嗜好品にはあまり慣れていませんので」

と言ってカップをテーブルの上に置いてから「二度と手はつけない」という意思表示のためか、ミハイルは座ったまま膝の前で手を組んだ。

「それで、用件は」

聞いてみたが、ミハイルは自分が何故、学院長室に呼ばれ、甘ったるいお茶と共に学院長の話し相手をさせられているのかわかっているつもりだった。

何しろミハイルは学院の卒業生だ。もう何年も前のこととはいえ、学院の毎年の行事はよく覚えている。

まもなく二年生にとって一番大きな課題が待っていることも当然知っていた。

その話だろうと予測はできている。

「実はな」

「ダメですね」

学院長が話し始めると食い気味にミハイルはそれを否定した。

教師の誰かがその様子を見ていたら「学院長に対してなんて無礼な口を」と憤慨していたかもしれない。

幸いにも学院長は気分を害した様子はなく、ニコニコとお茶を飲んでいる。

「それで、生徒たちの様子はどうかな」

「ええ、まあ。よくやっていると思いますよ。少なくとも在学中の私よりは優秀だ」

学院長がお茶を飲む。

表情は変わらない。

「見込みのある生徒はいるかね」

「それはもう。皆、将来有望です。学院を卒業したあとは全員私の部下にしたいくらいですよ」

話しながらミハイルは自分の笑顔が引きつり始めているのに気がついていた。

それでも懸命に表情を崩さないように我慢する。

「君も知っていると思うが、学院には王都の貴族からの圧力がかかりやすい」

「ええ、存じています」

「学院としてはあまり弱みを見せられんのだ」

学院長の笑顔は崩れない。

そこに有無を言わせぬ圧を感じてしまう。

長い沈黙のあと、ミハイルは、

「わかりました」

と言って、テーブルの上の紅茶を飲み干した。

甘ったるい紅茶が喉を巡るが、味はあまり感じなかった。

◇

特別授業用の教室に集められたレオンたちは、ミハイルがやってくるのを静かに待った。

入ってきたミハイルを見て、レオンはミハイルがひどく疲れていることに気がつく。

いつものミハイルであれば生徒に弱みを見せるような真似はしない。

余裕綽々といった様子でレオンたちを煽るところから話を始めるのだが、今日はその元気もないようだ。

「ええ、お前たちももう知っていると思うが、二年生の魔法演習試験が近づいている」

力なく言ったミハイルの言葉にレオンたちは少し騒ついた。

魔法演習は毎年決まった時期に、二年生を対象に実施される。

四人ずつ班になり、生徒たちのみで行われる試験である。

班に分かれた生徒たちはそれぞれ指定された地域を実際に訪れて、その地域の住民たちと交流し、魔法使いとしての仕事を受け、達成するのだ。

訪問した地域の領主からの評価がそのまま試験の点数に大きく影響するという、一風変わった試験である。

「正直、この非常時にお前らを外に出したくはないんだが……毎年行われてるこの試験を今年だけ行わないっていうのは外部に色々と弱みを見せることになっちまうらしい」

ミハイルは学院長の圧を思い出して少し身震いしながら説明する。

さすがのミハイルでも学院長には頭が上がらない。

「もしアイリーン先生の失踪に悪魔共が関わっていて、その目的が学院の生徒だとしたらこの機会を逃すはずはない。お前らも十分に用心しておけ」

ミハイルの言葉にレオンたちは頷く。

そしてその日から魔法演習の開始日まで、ミハイルによる特別授業はより一層厳しいものになったのだった。

◇

「北ってこんな寒いのか。やべぇな」

ローブの前を両手でしっかり押さえ、風が入り込まないようにしながらマークが言う。

レオンたちは今、王都から北方へ三日ほど進んだ地域に来ていた。

魔法演習が始まったのである。

班員はレオン、マーク、ルイズ、オードの四名。向かっているのは王国最北端にあるディジドルという町だ。

「だから言ったじゃない。この辺の地域は夏を越えたら日に日に寒くなっていくのよ」

マークやオードは初めての北の大地の寒さに驚いていたが、北の地域の出身であるルイズは平然としていた。

「ルイズの町はこの近くなんだっけ？」

レオンの問いにルイズは頷く。

一行は馬車でディジドルを目指していたが、途中にいくつか中継地点として町を通過した。

その中にルイズの住む町はなかったが、少し方向を変えればもう一日もかからないくらいの距離まで来ていた。

「寄っても何もないわよ。ドドマチ辺境伯（へんきょうはく）の町と違って、住民全員がその日を暮らすのに精一杯の町だから」

本心では帰りたいのだろうが、ルイズはその気持ちを表に出さないようにしていた。今回北の町に向かっているのはあくまで演習のためであり、試験だからだ。

「ドドマチ？　それがディジドルの領主様か。変な名前だな」

ディジドルの領主、ドドマチの名前を聞いてマークが笑う。そんなマークをオードがコラ、と窘める。

「ダメだよ、マーク。ここはもう学院内じゃないんだから。貴族の名前を笑うなんて、人によっては磔にされるよ」

オードの言葉にマークはそうかと頷き、真面目な顔になる。

階級社会を撤廃している魔法学院を一歩出れば、そこはもう完全な貴族社会なのだ。学院のルールは通用しない。

魔法使いになれば、そういった貴族と平民のしがらみに囚われないで生きていくこともできるが、卒業していない生徒はまだ一流の魔法使いとしては扱われない。

特に、平民の生徒はこの魔法演習に十分注意する必要があった。

「あまりお喋りばかりしていると減点されちゃうかもね」

ルイズが馬車から顔を出して空を眺めながら言う。

黄色い羽のオウムのような鳥が空を飛びながら、綺麗とはとても形容しがたい声で鳴いた。

「監視鳥か。事実上の僕らの試験官だね」

オードが言う。

監視鳥というのは生徒たちの間で呼ばれている俗称で、本当の名前はサザンスバードという。見た目は普通の鳥だが、魔法生物の一種で同じ種族でも色の違いで異なる性質を持つ変わった鳥だった。

黄色いサザンスバードの能力は「映像の記録」である。

つまりは見たものを映像として残すことができる。そんな鳥が魔法演習に挑む生徒たちの班に一羽ずつ同行している理由は簡単だ。

サザンスバードが生徒たちの行動を全て記録し、あとで教師がその映像と立ち寄った町の領主の報告書と合わせて評価するのだ。

生徒たちがこの鳥を監視鳥と呼ぶ所以である。

レオンたちはその後、数時間の道のりを経て、目的地ディジドルに到着した。

馬車から降りたレオンは首を左右に振り、町の様子を観察する。石と木で作られた家屋が立ち並び、その周囲はぐるりと柵で囲われている。

見える範囲にある畑には何かが植えられていた形跡はあるが、いま育てている作物はないようだ。

レオンが知る故郷の町に比べて、ディジドルの町は家の数に対する畑の割合が少ない気がした。

「ディジドルの主な収益はドドマチ辺境伯の持つ鉱山で採れる鉄とか銅なのよ。畑にはそんなに力を入れてないんだと思うわ」

ルイズがそう教えてくれた。

寒さが厳しく、作物が育ちづらい北方の地域では町の収入源として鉱物や木工品などを作製しているところが多い。

ディジドルでは領主が付近にある鉱山を買い占め、その鉱山で領民たちが採掘をしている。

採れた鉱物はそのまま中央の地域や作物が豊富な地域まで運ばれ、そこで物々交換されるのだ。

「ドドマチ辺境伯はこの辺りのほとんどの鉱山を所有しているから、この町は北方で一番豊かだと言えるでしょうね」

町の様子を見てため息をつくルイズ。

鉱山を持たず、僅(わず)かな加工品と畑だけで凌(しの)いでいる自分の領地のことを思っているのだ。

「ドドマチ辺境伯って一体どんな人なんだい？　王都にいると、辺境の貴族たちのことはあまり伝わってこないんだよね」

北方一番のやり手貴族に興味を持ったのか、オードが尋ねる。

ルイズはその問いに首を横に振った。

「うーん、北方の町ってお互いに交易してるわけじゃないから、閉鎖(へいさ)的なのよね。ドドマチ辺境伯がどういう人か、私も会ったことがなくてよく知らないのよ」

ディジドルを含む北方地域のほとんどの町では、お互いに交易をほとんど行っていない。

どこの町も欲しているのは食料であり、周辺の町にその食料がないことはわかりきっているからだ。

交易が行われないということは、その町に関する情報がほとんど入ってこないということでもある。

ディジドルに初めて足を運んだルイズにとって、領主ドドマチや町の雰囲気などの情報は事前に勉強した知識しかなく、レオンやマークたちと大差ないのだった。

「何はともあれ、まずは領主様に挨拶しに行こう」

レオンの言葉をきっかけに、皆が馬車から荷物を取り出し始める。

魔法学院生は魔法演習で訪れた町の領主に挨拶し、その町での生活拠点となる宿を借りなければならない。

レオンたちはまずディジドルの領主ドドマチに会わなくてはならなかった。

「どこがドドマチさんの家かな」

ドドマチの家を突き止めるために付近の住民に声をかけようとしたが、その必要はなかった。

「多分あれでしょ」

「あれだね」

ルイズとオードが二人同時に一つの家を指差したのだ。

その方向を見てレオンは納得する。

この町で一番大きく、立派な作りの家が町の中央にドンと腰を据えている。確かに貴族が好みそうな装飾が施された家だった。

「じゃあ……行ってみようか」

レオンたちは荷物を肩に担いで歩き出す。

途中、レオンは視線を感じて振り返った。

なんてことはない。町の住民たちは明らかに一般人とは違う服装のレオンたちに好奇の目を向けている。

あからさまに見るようなことはしないが、チラチラと意識している様子である。

レオンも最初はその視線だろうと思った。

しかし、すぐに違うことに気がついた。

行き交う住民たちの向こうに、ひたすらにレオンを眺めている少年がいるのだ。

睨んでいるのか、それとも見ているだけか、レオンにはわからなかった。

ただ、ずっと視線を感じる。

少年はかなり幼いようにレオンには見えた。

線が細く、着ている服を見てもあまり裕福でないことはすぐにわかる。

押せば倒れてしまいそうなほどに弱々しい。

それなのに、レオンは何故かその少年の瞳から目を離せなかった。

その瞳の中にだけは「強さ」を感じたのだ。

「レオン、どうした？」

馬車から降りて動かなくなったレオンを心配してマークが声をかける。

そしてマークはレオンの視線の先に気づいた。

少年は気づかれた途端に走り去ってしまう。

「お前、何で子供を睨んでんだよ」

とマークに不思議そうに聞かれてレオンはハッとした。

「睨んでた？」

「ああ、初めて見るくらいには険(けわ)しい顔してた」

マークにそう言われてレオンは自分の頬を押さえる。

「ええ」という落胆の声が漏れる。

レオンには睨んでいるつもりなんて全くなかったからだ。それだけあの少年の何かを警戒してしまったのだと気づき、レオンは少し恥ずかしくなった。

自分よりも小さい子を睨みつけるなど、レオンの中ではよくないことに分類される。

「二人とも早く！　置いていっちゃうわよ」

オードと共に少し先に進んでいたルイズが手を振っている。

レオンは自分の行動を少し反省しながら二人のあとを追いかけた。

◇

「ほう、これはこれは優秀な魔法学院の生徒様たちがお揃い（そろ）で、ご無事で何よりです」

ディジドルの領主、ドドマチ・ドドネオ辺境伯は恰幅（かっぷく）の良い大きな男だった。

首元にジャラジャラと似合わない装飾品をこれ見よがしにつけているところが、どことなくレオンの故郷の貴族ネバードに似ている。

しかし、性格の面までは似なかったようで、ドドマチは生徒を貴族と平民で差別するような真似はしなかった。

「学院が格差の撤廃を掲（かか）げているのは存じてます。どうぞ、この村では身分差など気にせずお寛（くつろ）ぎください」

ドドマチの頭の中では王都の魔法学院生は皆、学院長からの来客扱いになるらしい。全員を貴族家の人間として扱うつもりのようだ。

「失礼、ドドマチ卿。我々はただの客人ではなく、試験のために参りました。過分なもてなしは必要ありません」

ドドマチと上手く話をしたのはオードだった。

中央の貴族出身というだけあってその受け答えには品位がある。

オードはドドマチが提供しようとした貸し家を断った。ドドマチが案内したのがディジドルで二番目に大きい屋敷だったからだ。

ドドマチの使用人によって管理され、貴族の来客があった時に使われる屋敷。

部屋の数はレオンたちが一部屋ずつ使っても余るほどあり、内装も家具の類も学院の寮より豪華である。

さらにドドマチは滞在中の生活で困ったことがあれば頼るようにと、使用人を一人置いていこうとした。

さすがにそれでは試験にならないため、オードは失礼にならないように断ったのだ。

「しかし……王都からのお客様である皆様に粗末な対応をしては当家の品格が疑われます」

オードの発言をただの遠慮だと思ったのか、ドドマチはそれでもなお食い下がった。

しかし、オードも頑なに譲らなかったため結局はドドマチが折れた。

渋々といった様子ではあったが、レオンたちは貴族用の屋敷から町外れにあるただの小屋に移動し、使用人もつけないことで話が決まった。

四人はドドマチの屋敷から借りた小屋まで移動して、そこに荷物を下ろす。

「あの大きな屋敷にも泊まってみたかったなぁ……」

小屋に文句はないが、平民であるマークにとって大きな屋敷というのはなんとなく憧れがあるらしい。

そんなマークを見てオードが笑う。

「仕方ないよ。魔法演習試験では生徒が魔法使いとして自立しているかどうかが見られるんだから。あんな屋敷で、使用人さんまでいたんじゃ不合格になっちゃうよ」

とオードはマークを励ましている。

「ルイズ、夜はどうする？　あれだったら僕たちは外で野宿するけど」

レオンは小屋の中を見回してからルイズに尋ねる。

一応小屋には四人が足を伸ばして眠れるだけのスペースがあったが、ルイズは女性である。

気心の知れた友人同士とはいえ、レオンはそれが気になったのだ。

しかしルイズはケロッとしている。

「いいわよ、別に。皆のことは信用してるし、何かあったら叩きのめすから」

杖を構えて笑うルイズに、レオンは少し背中がゾクッとした。

魔法祭の魔法闘技で、ルイズが最後にレオンを負かした痛烈な魔法を思い出したからだ。

「これからどうする？」

話を魔法演習の話題に戻したのはオードであった。

魔法演習に決まった流れはない。訪れた町の領主に挨拶をしたあとは生徒たちが自ら考え、行動しなくてはならない。

「ドドマチ卿は町の柵の強化と鉱山までの道の舗装をお願いしたいって言ってたね」

「あとは町で色々聞き込みして、困っていることを探っていくしかないわね」

レオンとルイズがオードの話に乗っかる。

事前に領主であるドドマチに何か困っていることはないか聞いてはいたが、それだけをこなしておけばいいというわけでもない。

四人はこの機会にしっかりと町の人たちの役に立ちたいと考えていた。

「じゃあ俺とオードで柵の強化と道の舗装はやっておくから、ルイズとレオンで町の人たちから話を聞いてきてくれよ」

レオンたちはマークの言った通りにすることにした。

柵の補強も道の舗装も魔法を使えば難しくない。全員で行動するよりも分担した方がいいと皆の意見が一致した。

「でも、あの鳥はどうするんだろう」

頭上を旋回する監視鳥を見上げながらオードが言う。

レオンたちの班についてきたサザンスバードは一羽のみ。レオンたちが二手に分かれると一羽で両方を監視するのは難しい。

「気にしなくていいわよ、生徒たちのところを交互に飛んで様子を見るらしいから。監視鳥はあくまで先生たちが評価する基準になるだけ。本当に重要なのは町の領主の報告書らしいわ」

「何だそれ、それじゃあドドマチ卿に気に入られるかどうかでテストの点が変わるってことじゃないか」

ルイズの説明にマークが反発する。レオンも同じように思った。

「仕方ないわよ。実際に地方で暮らす魔法使いだって、その町の領主に気に入られなければ生きていけないんだから。少なくともこの試験中はあの領主様に気に入られるようにしないとね」

ルイズは全員を諭すようにそう言ったが、その表情は少し曇っていた。

試験のためとはいえ、貴族に気に入られようという行動方針にまだ自分でも完全に納得できているわけではなかったからだ。

四人で話した結果、「町のための行動をしていれば領主に嫌われることはないだろう」という意見にまとまった。

そして、話してばかりではなく行動するべきだとマークがもっともなことを言ったため、レオンたちは小屋の戸締(とじ)まりをして町の中心部に向かった。


途中マークとオードとは村の入り口の方へ行くために別れ、レオンとルイズは人通りの多い商店のある通りへ足を向けた。

「やっぱり、北で一番大きい町なだけあるわね。品揃えが私の町とは段違いだわ」

露店(ろてん)に並んだ品々を見ながらルイズが感心したように言う。

ディジドルの町は王都の町に比べればやはり小さい。しかし、北の辺境であることを考えれば十分すぎるほどに大きかった。

道はそれなりに舗装されているし、行き交う住民たちの表情も明るい。

「こんなに賑(にぎ)わった町に魔法使いがいないなんて信じられないね」

レオンは町並みを楽しみながら言う。魔法演習で生徒たちが訪れる町や村にはそこに魔法使いが住んでいないことという条件がある。

生徒たちの自主性と実力を正しく示せるように、お手本となる人物がいない方がいいのだ。

ディジドルの町の豪華さを見ると「本当にこれは魔法を使わずに建てられたのか？」とレオンは

疑問に思ってしまう。

「住んではいないかもしれないけれど、旅の魔法使いが訪れることはあると思うわ。そういう人に売りものを安くしたり宿を手配したりする代わりに、魔法を使ってもらうように頼んでいるのかもしれないわね」

ルイズは自分の町のことを思い出しながら言った。ルイズの町にはルイズの父親という魔法使いがいるにはいるが、偉大な魔法使いでもないかぎり一人でできることはたかが知れている。

旅で訪れた魔法使いに協力を仰ぐことは結構あった。

レオンはその話を聞きながら「そんなものか」と思った。

「あそこで夕食の食材を買いつつ話を聞きましょう」

商店のある通りを歩いていると、肉屋らしき店を見つけたルイズが走っていく。

その店の店主は人の好(よ)さそうな中年の男性で、ルイズとレオンを見て一目で魔法学院の生徒だとわかったらしい。

「おお、本当に魔法使いさんたちがいらっしゃった。何でも言ってくれ、安くしますよ」

両手を叩く店主に捕まってルイズは「何でも言ってほしいのはこっちなんだけど」と思いながら苦笑いした。

「この猪(いのしし)肉って、町の外で獲れたんですか?」

店先に並べられた肉を見てレオンは店主に尋ねる。それはただの好奇心だったが、店主は気持ちよく答えてくれる。

「ああ、そうでさあ。今の時期はまだ森に獣がいるから、今朝早くに町の外で獲れた獲物を買い取ったんですよ」

レオンはその話を聞きながら感心した。

猪の解体がとても綺麗だったからだ。故郷の町で父親に連れられて狩りをしていたレオンにはわかる。

魔法を使わずにこれほどまでに大きい猪を解体するのは骨が折れる。それなのに、店先に並んだ猪は粗が見つからないほど綺麗だった。

「捌いたのは親父さんですか？　それとも狩人？」

レオンがそう聞くと店主は「狩人です」と答える。そのあとで、

「まあ、狩人なんて大層なもんじゃないですけどね」

と付け足した。

その含みのある言い方が気になったが、ルイズが「関係のない話はあとにして」という無言の圧を放っていたのでそれ以上は聞かなかった。

結局この店で夕飯用の肉を買った二人は店主に困りごとがないか聞いたが、「困っていることとな

んてありませんよ」と言われてしまった。

他にも夕食の買い出しにいくつか店を回ったものの、どの店でも「困っていることはありません」とことごとく断られた。

その対応にどこかよそよそしいものを感じて二人は戸惑っていた。

「余所者（よそ）だから警戒されているのかしら」

町の広場で膝を抱えるルイズは途方に暮れていた。

頼まれごとを大きいものも小さいものも関係なく解決しようと意気込んでいたのだが、頼まれもしないのではどうしようもない。

「まあ、困りごとがないのはいいことだけどね」

レオンは苦笑いでそう言ったけれど、本心では何か違和感を抱えていた。

◇

「まあ、こんなもんでいいだろ」

マークは両手についた土を叩いて払いながら一息をつく。

魔法を使用していても細かいところは直接やりたくなるのは彼の性分だった。

マークとオードの二人は町の領主ドドマチに言われた、町を囲う柵の補強を終えたところである。

魔法で森から木材を調達し、近くを流れる川から石を集めてきた。それと粘土質の土を合わせて魔法で固めながら柵に積み上げていく。

簡単な作業ではあるものの、柵の補強としては十分。町をぐるりと囲んでいるために予想外に時間がかかったが、その他は概ね順調だった。

「これ、どうしようか」

オードは自分たちの前に積まれた様々な食料品を見ながら苦笑いする。

「どうするって……持ち帰って食うしかねえだろ」

その食べものはいわば町の住民たちの「お礼」だった。マークとオードが町の周辺の柵に沿って作業をしていると、住民たちの誰かが近づいてきて、

「ありがとうございます」

とお礼を言いながら置いていったのだ。

二人はそれを断りきれず、気がつけばなかなかの量の食べものがたまっていた。

魔法演習の滞在日数のほとんどを乗り切れそうな量だった。

「小屋に持ち帰って『保存』の魔法をかけるか」

作業をしている間に空は赤く染まり始めている。ドドマチに頼まれていたもう一つの「鉱山まで

の道の舗装」は明日だなと、二人が帰宅の準備を始めた時である。

「このガキ！　汚い手でうちの商品に触るんじゃねえよ」

到底平和的とは思えないそんな声が聞こえてきた。マークもオードもその声のした方に目を向ける。町の入り口の方だ。

旅商人と思われる男が一人、荷馬車の前に立っている。それからその前に両手をついて倒れる少年がいた。

「あの少年……」

マークはその少年に見覚えがあった。町に着いた時、レオンと睨み合っていた少年だ。

旅商人の男はその後も少年に向かって何やら怒号をあげている。

少年は謝るでもなくその怒号を聞き続けている。

「……ったく、気に入らねえガキだな。とっとと消えちまえ」

少年があまりにも無反応なため、旅商人の男も怒る気力をなくしたらしい。少年に捨て台詞を吐くと、荷馬車の後ろに回って荷物の確認に戻ってしまう。

そこまでであればマークもオードも特に気にしなかっただろう。少年の見た目はお世辞にも裕福とは言えず、どちらかといえば貧しい方だ。

子供が無邪気に好奇心で旅商人の売りものに触ってしまい、怒られたのだろうと推測できる。

子供が怒られているのを見るのは決して気分の良いものではないが、商品を守ろうとした商人の気持ちもわかる。

マークとオードの目を引いたのはその後の少年の行動だった。

少年は怒られていたことなど全く気にしていない様子でスッと立ち上がると、荷馬車の前を横切ってその場を離れようとする。

荷馬車の御者台には旅商人の荷物と思われる鞄が置いてあるが、少年が荷馬車の前を横切った時にその荷物の位置が僅かに変わっていた。

「マーク、今の」

「オード。荷物を全部小屋に持って帰ってくれるか？　俺はあの少年を追いかける」

マークはそう言ってすぐに走り出す。

残されたオードはマークが走り去っていった方向を見てため息をついた。

「全く……優しいやつだ」

呟くオードの足元には、マークの荷物と町の人たちから貰った「お礼」が置かれていた。

少年を追いかけてマークは町の入り口から裏路地へ入っていく。

少年は裏路地で立ち止まり、ポケットの中身を確認しているところだった。

「よう、何か良いものはあったか」

マークが少年にそう声をかけると、少年はバッと顔を上げてマークを睨みつけた。

その反応を見てマークは確信した。少年が荷馬車の前を通ったあの一瞬で旅商人の荷物から何かを盗んだのだということに。

少年もマークにバレたことに気がついてすぐに走り去ろうとした。

マークは「飛行」で身体を浮かせると少年の前に先回りする。

「なあ、悪いことは言わねえから盗んだものを俺に渡せ。今なら一緒に謝ってやるからよ」

そう言って手を差し出すマークだったが、少年は観念するつもりはなかった。

ポケットに手を入れて何かをつかみ、それをマークに投げつける。

「うわっ、辛っ」

それは乾燥させた唐辛子を砕いた粉だった。予想外の攻撃にマークは思い切りそれを吸い込んでしまい、むせる。

その隙に少年はマークの横を走り抜ける。

「このやろ……逃すかよ」

涙目のマークは空を飛んだまま少年を追いかけた。

少年は裏路地から再び大通りへ。夕刻ということもあって、大通りは買いものに来た客で賑わっている。

「目立つのはまずいか」

少年を追いかけなければいけないが、あまり大ごとにもしたくなかったマークは「飛行」の魔法をやめた。

この町で空を飛んで誰かを追いかけるのは目立ちすぎる。

走りながら少年のあとを追うが、少年の足は速い。それだけではなく、小柄な体格を活かして人と人との間を上手にすり抜けていく。

しっかりと意識していないと一瞬で視界から外れてしまうのだ。

——このままじゃ見失う。

マークがそう思った時、前方に見知った人影が目に入った。

学院のローブを着た白っぽい銀髪の少年と青みがかった髪の少女。似たような人間がそう何人もいるはずがない。

「レオン！　その子を捕まえてくれ」

人混みをかき分けながらそう叫ぶのがマークにはやっとだった。少年の投げつけた唐辛子の粉で涙が止まらなくなり、視界がぼやけ始めていたのだ。

マークの声はレオンに届いた。振り向いたレオンの視界に入ったのは先程見た少年の姿。

必死に走るその姿は何かから逃げているように見える。そしてその奥に涙と鼻水で顔をぐちゃぐちゃにしたマークの姿。

状況は皆目わからなかったが、レオンは友の言葉を信じた。

レオンが杖を取り出すとその杖の先から魔力が漏れる。レオンのイメージによって形状を変えたそれは半透明なロープ状になって少年の足に絡みついた。

「うわっ」

あどけない、まだ声変わりもしていないのではないかという高い声で少年は叫ぶ。

宙吊りの状態になり、少年はなす術なく捕らわれた。

「はあ……はあ……助かったぜ」

少し遅れてレオンたちのところまでたどり着いたマークは、ローブの裾で顔を拭きながら礼を言った。

とりあえず捕まえたは良いものの、困惑した様子のレオンにマークは事情を説明した。

「それであんなに酷い顔をしていたのね」

マークの話を聞いてルイズがクスッと笑う。

唐辛子の粉にやられたマークの表情を思い出したのだ。説明を終えた頃にはマークもすっかり平静を取り戻したようだったが、その前は確かに酷い顔をしていた。

「どうして盗んだんだい」

レオンは少年と目線の高さを合わせて尋ねる。宙吊りの状態から地面に下ろされた少年は、逃げられないように魔法のロープで縛られた上で壁にもたれかかっている。

少年はレオンの問いかけに対してふいっと顔を背けた。「話す気はない」という意思表示である。

困ったような表情でレオンはマークと、それからルイズと顔を見合わせる。

窃盗はもちろん犯罪である。普通ならば捕らえた犯人の身柄を町の衛兵や治安維持の組織に預けるところだ。

しかし、目の前の幼すぎる少年にそこまでするべきかどうかレオンは悩んでいた。

少年の格好が明らかに裕福ではないことも、なおさらレオンを悩ませる要因となる。

「エイデン！」

レオンたちが少年をどうするべきか途方に暮れていると、人混みをかき分けて一人の女性が顔を出した。

その女性は少年のものと思われる名前を叫ぶとレオンたちの前に飛び出して、少年を庇うように抱きしめた。

「この子が何をしたのかはわかりません。しかし、どうかお許しいただけないでしょうか。何でもいたします。どうか」

必死な表情の女性にレオンたちは余計戸惑ってしまう。

女性が修道服を着ていることにレオンは気がついた。この世界の唯一神レターネを祀(まつ)るレイテリア教会の修道女である。

「失礼ですが、この少年と知り合いですか？」

レオンは尋ねる。レイテリア教会の戒律(かいりつ)に特別詳しいわけではなかったが、修道女ということは少年の母親というわけではないだろうと思ったのだ。

「私はこの町の教会でシスターをしているエリルと言います。この子は教会で管理している孤児院(こじいん)の子でエイデン。貴族様、どうか……どうかお許しください」

エリルと名乗った女性はそう言って深々と頭を下げる。レオンはこの時、「そうか」とどこか納得した。

町の人たちがどこかよそよそしいように感じたのはレオンの勘違いでも、余所者だから警戒されているわけでもなかった。

レオンたちのことを「貴族」だと勘違いした住民たちが遠慮していたのだ。

ルイズやオードといった貴族出身の生徒がいる以上間違いではない。しかし、この魔法演習を行うにあたって学院側は生徒たちが貴族として扱われることを望んでいない。

そのことは学院の教師から町の領主に伝えられているはずだが、ディジドルの町の住民たちは知らないようだった。

「とにかく、ここじゃなんだから場所を変えましょう」

人目を気にしたルイズがエリルとエイデンを優しく立たせる。

町の大通りということもあって、先程から住民たちの注目を集めてしまっていたのだ。

教会が近いとエリルが言ったのでレオンたちは教会へ向かった。

◇

「こちらへ」

とエリルに案内され、レオンたちは教会の敷地内へ足を運ぶ。

少し年季の入った教会の横には、かなり傷(いた)んだ様子の建物が立っていた。

恐らくそれがエリルの言っていた孤児院なのだろう。孤児院の前では子供たちが数人、遊ぶ手を止めて不思議そうにレオンたちの方を見ていた。

エリルは教会の扉を開けてレオンたちを中に案内する。礼拝堂の奥はシスターが休息をとる場所になっているらしく、そこに通された。

「この度は本当に申し訳ありませんでした」

ことのあらましを説明したレオンたちにエリルは深々と頭を下げた。その横でエイデンが口を尖らせてレオンを睨んでいる。

レオンは自分たちが貴族の扱いを受けることを望んでいないとしっかりエリルに説明したが、エリルは態度を変えることはなかった。

「旅商人の方には僕たちから盗んだものを返しておきます。エイデン、もう二度と人のものを盗んではいけないよ」

レオンがそう言うと、エイデンは不服そうに下を向いた。

エイデンを町の衛兵に突き出すつもりはなかった。彼が何故盗みを働いたのか、なんとなくわかってしまったからだ。

所々壊れてしまった教会の内部。

そのほとんどは人の手で修復されているものの、全然十分とは思えない。外で遊んでいた子供たちも一見元気が良さそうに見えたが、皆痩せていた。

それだけでこの教会と孤児院が満足に機能していないことはよくわかった。

だからといって盗みを働いていい理由にはならない。しかし、レオンたちはどうしてもエイデンを衛兵に突き出す気にはなれなかったのである。

その後もエリルと話していると部屋の扉が少し開き、そこから女の子が顔を出す。エイデンよりもっと幼い子だった。

「どうしたの？」

ルイズが優しく聞くと、女の子は一瞬ビクッとしたが、やがてとてとてとルイズの目の前までやってきた。

「おきゃくさん？」

来客が随分と珍しいのか、女の子は不思議そうに尋ねた。ルイズがそれに答えようとすると、その前にエイデンがテーブルを力強く叩いた。

「ミア！　こっちに来るな。外で遊んでろ」

そう言ってキッと少女を睨むエイデン。ミアと呼ばれた少女は怒られてビクッとし、泣き出してしまう。

それを見たルイズが女の子を慰めようと近づくが、今度は席を立ち上がったエイデンが二人の間に立った。

ルイズの差し出した手を叩き、エイデンは彼女を睨む。

「ミアに触るな！」

手を叩かれたルイズはエイデンの行動に戸惑っているようだ。

「お前……！」

席を立ち、怒りをあらわにしたマークをレオンが止める。

感情をぶつけても話がこじれるだけだと思ったからだ。

エイデンは少しの間ルイズと、それからレオンのことを睨みつけていた。

やがて彼はミアの手を引いて部屋から出ていってしまう。

「申し訳ありません」

エイデンが出ていったあと、エリルがそう言って再び頭を下げる。

ルイズが、

「こちらこそ、何かしてしまったみたいですみません」

と謝罪を返すのを、マークは不服そうに聞いていた。

「あの子は孤児院の子供たちには本当に優しい子なのですが、私以外の大人にはなかなか心を開いてくれなくて」

申し訳なさそうに言うエリルの説明にレオンは少し納得した。

先程のエイデンの行動。ミアを叱ったのもルイズを近づけないようにしたのも、どちらもミアを守るためだったのだとわかる。

それだけ警戒されているということでもあるが、エイデンがどのように生きてきたのかなんとなく察せられた。

「もし良ければエイデンのことを少し聞かせてくれませんか」

レオンはエリルにそうお願いしていた。

エイデンという少年のことがどうも気になるのだ。

エリルの話ではエイデンが孤児院の前に捨てられていたのは彼がまだ生まれたばかりの頃、今から十四年前のことだったという。

「ということはあいつ十四歳か？　見えねえ」

話を聞いていたマークが驚きの声をあげる。見た目の幼さからもっと年下をイメージしていたレオンも同じ気持ちだったが、今はそれは重要ではないので特に何も言わなかった。

エイデンの両親は今もどこにいるのか、そもそも生きているのかもわからないとエリルは語る。

籠に入れられた状態で孤児院の前に置かれていたエイデンにとって、唯一自分のものだと言えるのはその籠と中に入っていた毛布。

それから籠に書かれていた「エイデン」という名前だけだった。

「それでもあの子は立派に成長してくれました。孤児院の子供たちの面倒はよく見てくれますし、最近は森に狩りに出てお肉を獲ってきたり、そのお肉を売ってお金を稼いできたりしてくれます」

レオンは肉屋で見た見事に捌かれた猪を思い出した。

肉屋の店員は濁していたが、あの肉はエイデンが狩り、解体したものだったらしい。

「あれだけ見事な腕前だったら結構いい金額で売れそうだけど……少なくとも盗みを働く必要はないんじゃ……」

ルイズも肉屋のことを思い出したらしい。そう尋ねるとエリルは一瞬口ごもった。

レオンたちに伝えていいものかどうか何やら迷っていたようだが、やがてぽつりと語り出す。

「それは……恐らく安く買い叩かれてしまっているからなんです」

エリルの説明ではエイデンがどれだけいい肉を、どれだけ綺麗に解体して持っていっても肉屋の主人は決まった額以上の値では買い取ってくれないらしかった。

孤児院の子供たちは育ち盛りで、肉だけで生きていくのは到底不可能。

また、栄養状態が悪ければそれだけ病気になりやすく、薬を買うためにもどうしてもお金が必要になる。

肉屋の店主はその辺りの事情を全て理解した上で、さらにはエイデンが他に売りに行けるような場所はないと知った上で、肉を安く買い取っているのだ。

レオンは肉屋の店主を思い出す。そんなに悪い印象は受けなかった。しかしエリルの話が嘘だとは思えない。そうすると考えられるのは一つしかなかった。

「僕たちを貴族だと思ったからか」

レオンの口から言葉が漏れる。エリルはそれを肯定も否定もしなかった。その沈黙をレオンは肯定だと受け止める。

それと同時に落胆のため息をついた。

(わかっていた。わかっていたはずなのに、それでもすごく腹立たしい)

結局、どこまで行ってもこの国は貴族社会なのだということをレオンは思い出した。

貴族であれば優遇され、平民であれば虐げられる。いや、平民の中にも見えない身分差が存在している。

そのことを忘れて、表面上でしかこの町を見られていなかった自分が腹立たしかった。

「肉屋の店主と話をしてみます。正規の値段で買い取ってもらえるように」

レオンはそう言って席を立ったが、エリルの表情は優れない。言いにくそうにしているエリルの代わりにレオンを止めたのはルイズだった。

「待ちなさい、レオン。今、肉屋の店主を咎めたところで状況は何も変わらないわよ」

レオンが肉屋の店主と話をすれば、肉屋の店主はすぐに今までのことを詫びてエイデンの狩ってきた肉を正規の値段で買い取ることを約束するだろう。

しかし、その約束が守られるのはレオンたちがこの町にいる間だけである。

魔法演習が終わり、レオンたちがこの町を去れば、肉屋の店主は何食わぬ顔で値段を元の金額に戻すというのがルイズの意見だった。

それを説明されると、レオンもそうなるだろうと思えてしまった。

「それじゃあ、僕たちにできることは何もないのかな」

レオンは悔しそうに言った。何もできないのがもどかしくて仕方がない。

「そんなことないわ」

ルイズのその言葉にレオンは顔を上げる。ルイズは笑っていた。優しい笑顔だ。

「町の人を手助けするために魔法使いがいるんだもの。そのための魔法演習でしょ」

ルイズには何か考えがあるようだった。

◇

翌日のこと。レオンたちは再び教会と孤児院を訪れていた。

昨日の夜のうちに事情を説明したオードも一緒である。

「はい、じゃあ今日はお庭の草取りをします！　皆お手伝いできるかな」

いつもよりも二割増で可愛い声を出すルイズに「はーい」と元気よく子供たちが返事をする。

その様子をレオンは教会の修復用に森で切り出してきた板材を運びながら見ている。子供たちと笑いながら作業をするルイズの姿はなかなかに新鮮だった。

「おい、レオン。さぼんなよ」

マークに叱られてレオンは慌てて仕事に戻る。

昨日ルイズが提案した解決策は非常にシンプルなものだった。

「この教会と孤児院を、他の人たちの力を借りなくても生活できるようにすればいいのよ」

そう宣言したルイズ。具体的には肉を売らなくても済むように、教会で野菜と薬用の薬草を栽培しようということだった。

「しかし、この辺りの地域は寒冷が厳しくて作物の類は滅多に育ちません。大きな農地ならまた別でしょうが、そんな土地はありませんし、それを管理するお金もありません」

エリルはそう反対した。

その口ぶりから察するに過去に挑戦したことはあるのだろう。

「私だって北の地域の生まれです。その辺の事情はある程度わかっています。でも幸い私たちの班には植物学のプロがいるから安心してください」

とルイズは胸を張った。

そして今日連れてこられたのがオードである。

「プロだなんて言いすぎだよ。そりゃ協力はするけどさ」

とオードは謙遜(けんそん)していたが、オードの植物に関する知識は既に生徒のレベルを超えているとレオンも思っていた。

そんなわけで、ルイズとオードは教会の庭に寒冷地でも作物が育つ畑を作ることを担当し、レオンとマークは二人が畑を作っている間に教会と孤児院の修繕をしようということになったのだ。

ルイズの提案で、興味津々に集まってきた子供たちにも手伝ってもらう。

「レオン、これは?」

男の子に聞かれて、レオンはその作業を丁寧に手伝う。最初のうちは不安そうにしていた子供たちだったが、レオンたちの人柄にすぐに慣れたのか、作業を始めるとすぐに打ち解けた。

その中に一人、輪に入らず面白くなさそうに隅っこで見ている少年がいた。エイデンだ。

「余所者が……本当に助ける気なんてないくせに」

エイデンはそう吐き捨てると、教会の敷地から出ていってしまう。

それに気づいたレオンは心配そうにエイデンの去った方を見ていた。

◇

風の刃のようなものが森の中を通り抜ける。

狙った方向に真っ直ぐ飛び、その刃は標的にぶつかる。短く、大きな獣の悲鳴。

力を失ったオオツノシカはその場に倒れ込んだ。

「よし」

とエイデンは小さく拳を握りしめる。風の魔法がここまで上手くできるようになって嬉しかった。

これでもっと楽に狩りができると。

「あんなやつらがいなくたって、僕が皆を守ればいいんだ」

先程見た光景を思い出して少し腹が立つ。

都会から来た馬鹿な魔法使いたち。どうせすぐいなくなるのに助けるフリをしているようにしか見えなかった。

——魔法演習試験。偶然聞こえたその言葉が頭に残っている。教会や孤児院の皆を助けようとするのはその試験のための点数稼ぎ。そうとしか思えなかった。

倒れたシカに近づいて、息がないことを確認する。それから前脚を二本肩に載せて引きずるように運んでいく。

ものを浮かせる魔法はまだ使えなかった。というよりも風の刃を飛ばす魔法しかエイデンは知らない。その魔法も町に来た旅の魔女から教えてもらっただけだ。

エイデンが自分に魔力があると知ったのはつい最近のことだった。

それまでも何か不思議な力があるのは感じていたが、旅の魔法使いの魔法を直に目で見たのが自分の魔法の才に気づくきっかけとなった。

そのことをエイデンは誰にも話していない。エリルにも孤児院の子供たちにもだ。

話すほどのことではないと思った。成人を迎えると魔法学院に通う資格が与えられることも知っていたが、それにも興味がなかった。

思ったのは「この力を上手く使えば教会も孤児院も助けられる」ということだけ。

それ以外のことには関心がなかった。

エイデンがシカを運んでいると誰かの視線を感じた。

「誰だ！」

振り向くとそこには白っぽい銀髪の少年が立っていた。レオンである。

「ごめん、あとを尾けるつもりはなかったんだけど何だか気になって」

レオンは弁明したあとで、エイデンの背負っているオオツノシカに目をやる。

「やっぱり魔法が使えたんだね。見事な太刀筋だ」

褒めたつもりだったが、エイデンは秘密を知られて気を悪くしたらしい。

レオンの言葉を無視してそのまま歩き去ろうとする。

しかし、レオンはあえてエイデンに近づいた。

「運ぶのを手伝うよ」

そう言って杖を取り出し、オオツノシカを運ぼうとする。だが、エイデンはそれを強く拒否した。

「触るな！」

エイデンの手から「風の刃」の魔法が飛び出す。そこまで拒絶されると思っていなかったレオンは一瞬反応が遅れてしまい、頬を浅く切られた。

血が流れるのを感じながらレオンは戸惑っていた。

何故そこまで嫌われているのかわからなかった。

「エイデン？」

レオンは問いかけるようにエイデンの名前を呼ぶ。

エイデンは肩で息をしていた。明らかに興奮した様子である。

「お前たちの目的はわかってるんだ……あの人が、全部あの人が教えてくれた……僕に関わるな」

「何かがおかしい」とレオンはそう思った。

目の前のエイデンの様子がどんどん変わっていく。

感じる魔力も魔法を覚えたての少年のものではない。もっと違うドス黒い憎しみのような魔力だ。

そして、レオンは以前にもどこかでその魔力を体験したことがあるような気がした。

エイデンはオオツノシカを地面に下ろすと、両手をレオンに向けて構えた。そこから飛び出す無数の風の刃がレオンを襲う。

今度は杖を構えてしっかりと防御した。レオンの作り出した「障壁」の魔法がエイデンの風の刃を無力化する。

「エイデン、落ち着いてくれ！」

レオンは叫ぶ。攻撃を防げても、こちらからエイデンを攻撃するわけにはいかない。

エイデンは苦しんでいた。身体中を何か自分とは別のものが駆け巡る感覚。湧き上がる憎しみの感情。自分でもレオンの何がそんなに憎いのかはわからない。ただ憎い。憎くて仕方がない。

風が強く吹き荒れ、木の葉をまき荒らす。レオンがそれに気を取られたその一瞬で、エイデンは姿を消していた。

「エイデン……」

レオンはようやく思い出した。

エイデンから感じた魔力が、昨年の魔法祭で学院を襲ったヒースクリフの感情を具現化した化け物と、よく似ていることを。

悪魔憑き編

Botsuraku shita kizokuke ni hirowareta node
ongaeshide hukkou sasemasu

孤児院の子供たちは笑っていた。いつの間にか作業は中断していて、遊びに変わってしまっていたがルイズたちも笑顔だった。

ルイズが魔法で作り出した雪を見て子供たちは喜び、マークとオードが「浮遊」の魔法で身体を浮かせてあげるとあどけなく笑って、順番の取り合いになった。

そこに息を切らせたレオンが現れて、ルイズたちは事情を聞く。

平和な空気だったのはそこまで。

そこからは皆、緊迫した様子でエイデンを捜した。森の中を隈なく捜し歩いてレオンたちは一軒の古びた洋館を見つけた。

「ここ」

その洋館の前でレオンは足を止める。エイデンから感じたのと同種の魔力を洋館から感じる。

レオンたちはその洋館の中に足を踏み入れた。

入ってすぐに感じたのはカビの臭いと、それ以上に不快感のある魔力残渣だった。

「ここにはもう誰もいないみてえだな」

ローブの裾で口と鼻を押さえながらマークが言う。確かに洋館の中からは人のいる気配は感じない。

しかし、そこに残った魔力の痕跡と先程見たエイデンの様子が無関係だとは、レオンには思えなかった。

「中を探索してみよう。何かわかるかもしれない」

レオンは洋館に残った不快な魔力が強い方に進んでいく。

洋館の一階、一番奥の部屋だった。

「……これは」

扉を開けて四人は息を呑む。漂う腐敗臭は動物の死骸だった。それから炭で描かれた魔法陣と燃え尽きた蝋燭の塊が転がっている。

「何かの儀式みたいね……とても良いものとは思えないけど」

込み上げてくる吐き気を抑えながら、ルイズが言った。

学院の図書室に籠り、そこに置いてある魔法関連の書物を一通り読み漁ったルイズでさえ知らない魔法陣だった。

「僕、これを知ってる。エイデンがここで何をしていたのかもわかった」

そう呟いたのはレオンだった。魔法歴史学のある日の授業でマーシャ教授が話した内容をレオン

は思い出していた。

「悪魔憑きという症状を知っていますか」

授業の途中でふと思い出したようにマーシャ教授は尋ねた。教授が授業中に脱線した話をするのは毎度のことだったので、それを気にする生徒はもういなかった。

その時も優等生の女子生徒がその質問に答えていた。

「降魔会と呼ばれる、悪魔が実在すると信じていた団体が作り出した儀式に関するものです。悪魔召喚の儀式を行った者は人格が変わり、凶暴になることから本当に悪魔を召喚したのだと信じられていました。しかし、本当の原因は正しくない儀式をすることによって魔力が暴走し、コントロールできなくなる病気の一種だと解明されています」

女子生徒のそのお手本のような回答に、マーシャ教授は満足そうに頷いていた。

「そう、そのせいで儀式を広めた降魔会は解散となり、悪魔召喚の儀式も禁忌となりました」

マーシャ教授はその後すぐに授業の内容に戻った。

その時はレオンもその話題を大して重要視していなかった。

◇

「それじゃあエイデンはここで悪魔召喚の儀式をしたということ？」

レオンの説明を聞いて、ルイズは信じられないというような表情で言った。

禁忌となった儀式を無断で行えばレイテリア教会が黙っていない。相手が子供だろうと重い処罰は避けられないだろう。

「エイデンはその儀式のせいで魔力が暴走する病気になっちまったのか？」

マークの問いにレオンは首を横に振った。答えは「わからない」だ。

マーシャ教授と女子生徒の話によると、エイデンは病気にかかってしまったということになる。

だが、実際に対峙したエイデンからは確かに邪悪な魔力を感じた。

もしかすると悪魔召喚の儀式をしたことで、本当に悪魔を呼び出してしまったのかもしれない。

確証はなかったがそう思えて仕方なかった。

「とにかく、早くエイデンを見つけないと。ルイズはもう一度孤児院に戻ってみて。エイデンが帰ってきてるかも。僕とマークとオードは森の中を捜すよ」

レオンはそう言ってマークとオードと共に洋館を出た。

日が落ちる直前まで三人は森の中を捜したが、エイデンの姿は見つけられなかった。

教会と孤児院に戻ると、ルイズと子供たちが心配そうに三人を待っていた。

子供たちには何が起こっているのか詳しくは説明していない。事情を話したのはエリルだけだ。

それでも何か不穏な空気を皆感じているらしい。

帰ってきたレオンの元に一人の少女が走り寄ってくる。昨日、エイデンに怒られていたミアという名前の少女だ。

「エイデンは？」

そう尋ねたミアに、レオンは笑いかける。

「心配いらないさ。すぐに帰ってくるよ」

そう言ってから、レオンは自分のことを「無責任」だと責めた。

今何が起こっているのかもわからないのに、口先だけで嘘をついてしまった。そうすることしかできない自分が腹立たしい。

「あのね、これ……エイデンが帰ってきたら一緒に植えるの」

ミアが差し出したのはオードが見繕った寒冷地でも育ちやすい野菜の種だった。

レオンが教会の庭に目を向けると、作業途中だった畑が完成している。

レオンたちが森を捜している間にルイズと子供たちで仕上げたらしい。

「そうだね、きっとエイデンも喜ぶよ」

レオンはそう言って自分の頬をバシッと叩いた。こんなところで自分を責めている場合じゃない。

——手遅れになる前にエイデンを見つけなければ。

そう思った。

「苦しい」

身体の中に湧き上がる熱い何かがエイデンを傷つけていた。

憎い、憎い、憎い。

頭の中に流れる感情は到底自分のものとは思えない。

「彼らは君から全て奪い取るつもりなのだよ。自分のものは自分で守らないとね」

そんな言葉がエイデンの頭の中で響く。

それを言っていたのは誰だったか。ああ、あの魔法使いだ。

痛みで鈍る思考の中で、エイデンは数週間前のことを思い出していた。

町を訪れた赤い髪の魔女だった。眼鏡をかけたその女性は優しそうに見えた。いや、事実として優しかった。エイデンに魔力があることを見抜き、「風の刃」の魔法を教えてくれた。

その女性が言ったのだ。

「もう少しすると、ここに学院の魔法使いがやってくる。彼らはきっと聞こえのいい言葉を並べて誘惑してくるけど、それを聞いちゃいけないよ。彼らの目的は君の魔法の才能を奪うことだ。君の全てを奪っていくつもりなのだよ」

その魔女の言葉をエイデンはすんなりと受け入れていた。

自分を守るためだと、その魔女が教えた不気味な儀式も疑うことなく実行した。

そのせいで、魔女に操られることになるとも気づかずに。


その日からエイデンは自分が自分であって、自分ではないような不思議な感覚に陥ることが何度かあった。

まるで自分の中にもう一人誰かがいるような不思議な感覚。

その感覚はレオンと出会った瞬間から途端に強くなった。今のエイデンには、もうどれが本当の自分なのかもわからない。考えるのも疲れてしまった。

エイデンはそっと目を閉じた。

◇

「あ！　エイデン！」

ミアが声を高くしてそう叫び、指をさす。レオンの視線はミアが指を向けた方へ動いた。

そこには確かにエイデンが立っていた。虚ろな目でレオンを睨んでいる。

「ミア、こっちにおいで」

エイデンがそう呼びかける。幼いながらに不穏な空気を感じたのか、ミアは心配そうに二人を交互に見ていたが、結局エイデンの言う通りにした。

「エイデン、落ち着いて。話がしたいだけなんだ」

レオンはエイデンをなだめるように話しかける。

エイデンを心配するあまりレオンは気づいていなかった。目の前にいるソレがもう既にエイデンとは違う魔力を発していることに。

「レオン、離れろ！」

マークが叫んだ。それと同時にルイズが魔法を放つ。氷の槍がエイデンを襲う。

魔法で空を飛んだオードがエイデンの前にいたミアを抱えて退避する。

エイデンは右手を軽く振ってルイズの氷の槍を防いだ。氷の槍は脆くも塵になって消えた。

「やっぱり、僕の邪魔をするのか。僕から何もかも奪おうというのか」

大きな声ではなかった。低く唸るような声。エイデンのまだ声変わりもしていなそうな高い声とは似ても似つかない。

ボソボソと喋っているのに何故かはっきりと聞き取れる不気味な声だった。

レオンはようやくエイデンの異常に気がついた。そして確信する。

目の前にいるこいつはエイデンじゃない。

こいつは……

「悪魔だ！」

レオンが叫ぶ。ルイズが空に向けて赤い閃光を放つ花火の魔法を打ち上げる。

それは特別授業を受けていた生徒たちと講師のミハイルの間で取り決めておいた合図だった。

「いいか、不測の事態――お前たちでは対処できないことが起こったら、迷わずこの魔法を打ち上げろ。俺が駆けつける」

それはミハイルが生徒たちにかけておいた保険。もし魔法演習試験中に生徒たちが悪魔と対峙することになった場合にミハイルだけに伝わる合図だった。

「先生を呼んだわ！　レオン、あなたは逃げなさい。悪魔の狙いはきっとあなたよ」

ルイズが叫ぶ。しかし、レオンは動かなかった。

確かにエイデンから憎しみの感情を痛いほどに感じる。しかし、それは自分だけに向けられたものではないような気がした。

もし自分がここを離れれば、エイデンは迷わず他の三人を狙う。そんな確信があった。

「ここは……退けない」

レオンは杖を構えた。実際の年齢よりも幼く見える目の前の少年に、自分の仲間を傷つけさせるわけにはいかない。そう思った。

エイデンが両腕を振ると「風の刃」の魔法がレオンを襲う。

それを「障壁」の魔法で防ごうとするが、森で対峙した時よりもはるかに威力が強い。

このままでは障壁が破られる。レオンがそう思った時だった。

頭上で黄色いオウムのような鳥が一声鳴いた。

それから、レオンの目の前に何かが落下してくる。

それが人だと気づくのに少し時間がかかった。

「全く。教えたことを一切守らねえ馬鹿な教え子にはあとで説教だな」

エイデンの風の刃を簡単に弾き返したその人物は、杖を構えたまま後ろ手でレオンを下がらせる。

魔法騎士団団長にして、魔法学院の特別講師ミハイル・ローニンがそこに立っていた。

ミハイルは構えた杖ですかさずエイデンを拘束する。魔力のロープである。

レオンが使うよりも素早く動くそのロープは瞬く間にエイデンを縛り上げた。

「先生、どうして……」

レオンはこんなに早く現れたミハイルに驚きを隠せないでいる。

「その秘密はまたあとでな」

とエイデンから視線を逸らさずにミハイルは答えるが、その仕組みは簡単なものだった。

レオンの班とヒースクリフの班を監視していたサザンスバードは、ミハイルが召喚した魔法生物だったのだ。

そして、一流の召喚魔法使いは召喚した生物と自分の位置を即座に入れ替える魔法を習得している。

さすがに王都とディジドルほど離れた距離は無理だが、ミハイルはあらかじめ北方のとある村で待機していた。そこはレオンたちの演習試験先であるディジドルとヒースクリフたちの演習先である町とのちょうど中間地点。入れ替わりの魔法の有効範囲ギリギリの場所だった。

あとは、ルイズの打ち出した花火の魔法を確認したミハイルがサザンスバードと位置を入れ替えたという具合である。

「ジャマ、スルナ」

ミハイルに魔法のロープで縛られたエイデンは冷たい声でそう言った。それと同時に魔法のロープが消え去ってしまう。

「おいおい、まじか」

驚愕するミハイルにエイデンが突っ込む。到底人間とは思えない速度だった。

小柄な体格のエイデンに、懐（ふところ）に潜（もぐ）り込まれると厄介（やっかい）だ。

ミハイルは魔法で応戦し、距離を取ろうとしたがエイデンはそれよりも速かった。

エイデンの蹴りがミハイルの腹部を捉える。ミハイルはかろうじて防御魔法を展開したものの、衝撃を殺し切ることはできずにあとずさる。

「……反応速度、筋力共に人間のそれじゃねえな。子供の姿なのも厄介だぜ」

子供は攻撃しづらいという精神をミハイルが本当に持ち合わせているかはさておき、やりづらいというのは本心だった。

小柄すぎる体格もそこから生み出される常識はずれの身体能力も、ミハイルが初めて経験するものだった。

「仕方がねえ。少し痛いかもしれないが我慢してもらおう」

ミハイルはそう言うと、すかさず魔法のロープで再びエイデンを縛り上げる。そのロープがエイデンに大した効果がないのはわかっていたが、時間稼ぎにはなる。

その稼いだ時間でミハイルはもう一つの魔法を構築した。

ミハイルの杖の先に大きな魔力が集まっている。それがどれほど高威力の魔法なのか、その場にいた魔法使いにはすぐにわかった。

「先生！」

「黙ってろ！　これくらいやらなきゃこいつは止められねえ」

エイデンの身を案じたレオンが口を挟むが、ミハイルはそれを一喝した。

それから杖を振り下ろす。暗くなった空が蠢き、暗雲が垂れ込める。そこから眩い光が放たれたかと思うと、巨大な落雷がエイデンに降り注いだ。それがミハイルの魔法だった。

立ち込める黒煙。それから焦げた臭い。

雷光に目を閉じたレオンはゆっくりとその目を開けた。

教会の庭に空いた大きな穴。その穴の前にミハイルが立っている。

「先生！」

とレオンは駆け寄った。穴の中を見下ろすが、そこにエイデンの姿はない。

一瞬、レオンはミハイルが跡形もなくエイデンを消し去ってしまったのだと思った。しかし、そうではないと気づいた。

「逃げやがった……」

そう言って膝をつくミハイル。右の肩から流血していた。

「落雷」の魔法を回避したエイデンが姿をくらます直前にミハイルを攻撃したのだ。

「想像以上にバケモンだな、悪魔っていうのは」

「落雷」の魔法はミハイルが使える魔法の中でも、確実に相手を倒せる自信のあった魔法である。その威力も脅威的だが、何よりも光の速さで降り注ぐ魔法を避けられたことなどなかった。

大きく息を吐くと、ミハイルは右肩に手を当てて魔法で止血する。

「お前ら、そこの子供たちとシスターを連れて領主の家に行け。事情を話して町の住民たちを避難させるんだ」

ミハイルはレオンたちにそう指示を出す。

初手で捕まえられなかった以上、ここから先はエイデンがどういった行動に出るのか予測がつかない。

レオンたちではなく、町の住民を見境なく襲う可能性もないとは言い切れない。

ミハイルがエイデンを捜す間だけでも住民たちには避難が必要だった。

レオンたちは言われた通りに子供たちを連れて、領主のドドマチの屋敷に向かった。

ドドマチは孤児院の子供たちを自分の屋敷に入れることをあからさまに嫌がったが、それが王都の魔法騎士団団長の指示であることをレオンが伝えると、渋々ではあるが指示に従った。

それからレオンたちは町の住民の避難を手伝う。ドドマチの屋敷だけでは人が入りきらないので、その近くの大きな屋敷全てを使って住民たちがなるべくひと塊になるように避難させる。

その間に、ミハイルはレオンたちが避難した屋敷の全てに防御の魔法を施した。

「これで心置きなく戦える」

そう言ってすぐに広域の魔法を町全体に展開するミハイル。それは魔力を探る魔法である。

探索の範囲を広げれば精度は落ちるが、悪魔ほど魔力の強い相手なら関係ない。

ミハイルはエイデンの反応をすぐに見つけた。

「レオン、俺がいない間、住民たちはお前らが守れ」

ドドマチの屋敷に避難したレオンにそう告げると、ミハイルはエイデンを追いかけるのだった。

◇

「ミア……出ておいで。一緒に行こう」

その声が聞こえたのは、ミハイルがエイデンを追いかけにいってしばらく時間が経ったあとだった。

それは低く、とても冷たい印象だが間違いなくエイデンの声だった。

その声にミアが反応を示す。扉の方へ手を伸ばし、エイデンの名前を呼ぼうとした。

彼女の口をエリルが手で押さえる。

力強くミアを抱きしめて、決して離すまいと耐えている。

エイデンの意識はまだある。ミアを求める気持ちもエリルには理解できる。エイデンにとって孤児院の子供たちは家族のような存在だった。エリルが親で、子供たちは兄弟。エリルも本当の子のようにエイデンに愛情を注いできた。

そんなエイデンにとって一番大事だったのがミアだった。

エイデンはミアを本当の妹のように可愛がっていた。少ない孤児院の食事を分け与えて、ミアが熱を出せば寝ずに看病していた。その愛情の深さをエリルは知っている。

しかし、ミアを渡すわけにはいかない。そんなことをすればエリル自身も、そしてエイデンも後悔すると知っているから。

ミアを抱きしめるエリルの手にさらに力が入った。ミハイルの防御魔法に阻まれても屋敷の前でエイデンは呼び続ける。

「ミア……ミア……ミア」

その声は最初は優しく、そして徐々に怒気のこもったものに変わっていく。

出てこないミアに対する思いが屋敷の中にいる全員に伝わってくる。

「な……何をしておる……さっさとその小娘を差し出せ……」

震える声でそう言ったのは町の領主であるドドマチだった。

平民階級の者を決して二階に上がらせず、玄関前の広間にとどめて、自分だけは吹き抜けとなっているホールを通して二階から指示を出す。

そんなドドマチをルイズはキツく睨みつけるが、彼は意にも介さない。

得体が知れないものが屋敷の外にいると怯える彼には、既に人の目を気にする余裕はなかった。

表向きの媚びへつらった態度をやめ、貴族としての本性をさらけ出している。

その本性はこの非常時にはとてつもなく厄介なものだった。

魔法騎士団団長のミハイルがいないこの場では事実上、彼が最高の権力を持つ。

その言葉に逆らえる者などいない。

いや、本心では住民たちも皆ドドマチの意見に賛成なのだ。町に住む平民たちにとっても孤児院の娘など大した存在ではない。

「孤児院の娘一人の命で外にいる化け物が去ってくれるのならば」と、誰しもが心の中で思っている。

住民たちの目が自然とミアとエリルに向く。それはとても怖い目だった。

己を恥じながらも生きるために覚悟を決めた目。誰か一人でも動き出せば、それを皮切りに全員がミアを外へ放り出してしまうだろう。

しかし、そうはならなかった。その場で最初に動いたのがレオンだったからだ。レオンは住民たちの視線を遮るように堂々と立ち上がると、何も言わずに扉の前まで移動する。

「おい、君……」

住民の一人がそんなレオンを制止しようとするが、レオンは手をあげて、

「大丈夫です」

とだけ答えた。レオンは扉に触れる。扉の外にいるエイデンに触れるように優しく、そっと。

「エイデン、ミアをどうする気だい？」

その言葉に外で叫び続けるエイデンの声が止まった。

「おい貴様！　おかしなことをするな！」

ドドマチが二階から叫ぶが、レオンはそれを無視した。外のエイデンから声が返ってくる。

「ダレダ……」

その声はもう既に人間としての理性を失いかけていた。幼いエイデンの面影はそこにはない。

「エイデン、君にミアは渡さない」

レオンの力強い言葉だった。エイデンの声は聞こえない。

しかし、レオンには扉をこえてエイデンの気持ちが伝わるようだった。声の代わりに凄まじい轟音が屋敷の中に響いた。

それはエイデンが屋敷への攻撃を始めた音だ。攻撃は全て防御魔法に防がれているが、その振動と音は容赦なく住民たちの不安を煽った。

「ま、魔法使い様……その子をどうか渡してください。殺されてしまいます！」

住民たちの悲鳴にも似た声がレオンへ向かう。

だが、レオンはその声も無視した。代わりにエリルとミアを守るようにルイズが立ち上がり、それを守るようにマークとオードも立ち上がる。

「すみません。僕たち、外に出ます」

レオンのその言葉を聞いて、避難した住民たちがざわつく。

「先生はエイデンに騙されたみたいだ。それに気がついてここに戻ってくるまで彼が攻撃を続けたら、防御の魔法はきっと持たない。皆、死にます」

無謀とも思える行動だったが、そうするしかなかった。ここでレオンが動かなければミアが生贄として差し出されてしまう。

それだけは許せなかった。

正面の玄関にはエイデンがいる。

レオンたちは裏口から出ることにした。住民たちの不安そうな視線を無視して外に飛び出していく。

屋敷に張られた防御魔法にはエイデンが攻撃する音が響き続けている。

既に我を忘れたエイデンは、レオンたちが裏口から外に出たことに気がついていなかった。最後の最後までエイデンの中に残っていたのはミアというたった一つの繋がりのみ。

それはレオンたちからすれば救いだっただろう。

もしこの時エイデンの意識がまだ清明に残っているか、逆に完全に悪魔と化していたら屋敷を出た瞬間に感知され、殺されていたかもしれない。

無事に屋敷の外に出たレオンたちは庭の茂みに身を隠し、エイデンの様子を探る。

エイデンがどれほどミアに執着していようと、実際にレオンたちの姿を見られたら矛先はそちらに向くだろう。

「オード、あれの準備はしておいてね」

レオンはオードに小声で頼む。オードは頷くが、自信はなさそうだった。

「本当に効くかはわからないよ」

それでもレオンはオードを信じて笑う。

「おい、話している暇はそろそろなくなりそうだぞ」

マークが小声で言う。レオンはエイデンへ視線を戻した。

エイデンは魔力を纏った拳で一心不乱に防御魔法を殴り続けている。

防御魔法はもう限界だった。

エイデンの拳が当たるたびに魔法にヒビが入っていく。あと数回殴られれば防御魔法は破れる。

そうしたら中にいる住民たちがどうなるかは容易に想像できる。

「皆、準備はいいね」

レオンの言葉にマークたちは頷く。そしてレオンの合図で彼らは一斉に飛び出した。

エイデンは飛び出したレオンたちにまだ気づいていない。

最初に攻撃を開始したのはマークである。剣を抜き、それを振り上げてエイデンに切りかかる。

魔力をこれでもかと込めた魔剣だ。切れ味は普通の剣の比ではない。

岩ですら簡単に切り裂ける。

そんな剣でもエイデンの皮膚(ひふ)に傷ひとつつけることはできなかった。黒く硬質な魔力に阻まれ、振り下ろした剣は動きを止める。

「硬すぎ……」

攻撃されて初めてエイデンはマークの姿を認識した。

そして、攻撃対象がマークに変わる。拳はマークめがけて振り下ろされる。

防御魔法にヒビを入れた拳だ。当たればマークはひとたまりもないだろう。

マークはすぐに目の前に防御魔法を構築した。ミハイルのそれとは違い、彼の防御魔法は簡単に砕かれてしまう。

だが、一瞬でもエイデンの拳を止めることには成功した。

その一瞬でレオンが魔法のロープをエイデンの拳に巻きつけた。

レオンは力一杯に魔法でそれを引っ張り、エイデンの体勢を崩そうと試みる。

しかし、エイデンはびくともしない。ルイズが少しでもエイデンの気を散らそうと周りを飛び回り攻撃する。

エイデンに大してダメージは入っていないだろう。それでも気を引くことには成功した。

その隙にオードは用意していた魔法植物の種をエイデンの足元に投げる。それから杖で投げた種に魔力を注ぐ。

魔力を受けて、魔法植物はすぐに生長した。エイデンの足元からするするとつるが伸びる。

そのつるがエイデンの身体に絡みつき、腕や足を縛った。

エイデンはそれを薙ぎ払おうともがくが、そのつるは簡単には千切れなかった。

オードが投げたのは吸魔草と呼ばれる魔法植物の種だった。

吸魔草は魔力を吸って生長する。最初はオードの魔力を、エイデンに絡みついたあとは彼から魔力を吸い上げるのだ。

その生長には限界があるが、その限界を迎えるまでエイデンは魔力を吸われ続けることになる。

「ナイス、オード」

エイデンの拘束に成功し、レオンはオードに親指を立てる。

この魔法演習試験にオードが吸魔草の種を持ってきていることを、レオンは知っていた。

魔力を吸って生長した吸魔草のつるは魔法薬の材料にもなるため、不測の事態を見越して持ってきていたのだ。

まさかこんな使い方をすることになるとは誰も思っていなかったが、結果としてはこれが最適解だっただろう。

◇

「すまん、いっぱい食わされた」

数分後、戻ってきたミハイルはそう謝罪した。

それからレオンたちを、

「よくやった」

と褒めた。ミハイルは確かにエイデンの魔力を追いかけていたはずだったが、どういうわけかその魔力は町を出て少しすると消えてしまったのだ。

どのような魔法かはわからないが、エイデンが囮を使ったと気づき、ミハイルはすぐに戻ってきた。

そしてレオンたちが吸魔草のつるでエイデンを拘束しているのを見て、素直に感心したのだ。

「さて……これで次の問題に取りかかれるな」

そう言ったミハイルに、レオンたちは首を傾げた。

エイデンを拘束すればそれで終わりだと思っていた。

このままエイデンを王都まで移送することにはなるが、王都の研究者たちがエイデンを救う方法を見つけてくれるだろうと。

「何かあったんですか？」

ミハイルの様子を不審に思ったレオンが尋ねる。

すると、ミハイルは信じられないことを言ったのだ。

「王都の町が悪魔に乗っ取られた」と。

王都陥落編

Botsuraku shita kizokuke ni hirowareta node
ongaeshide hukkou sasemasu

ミハイルがその知らせを受け取ったのはエイデンに騙されたことに気がつき、レオンたちが避難したドドマチの屋敷に引き返す途中だった。何かが目の前を横切り、ミハイルの足を止める。

それは王都の魔法騎士団が情報伝達のために用いる魔法生物だった。その魔法生物から手紙を受け取り、その内容を読んだミハイルは驚愕する。

——王宮が悪魔を名乗る賊に制圧された。至急応援を請う。

手紙にはそう書かれていたのだ。

「それじゃあすぐに行って助けないと」

ミハイルの話を聞いたマークは焦ったように言う。

王都が占拠されたということは王宮の王族が捕らえられたか、殺されてしまったか。それを守る近衛兵たちも敗れたことを意味する。

まさに前代未聞の大事件ですぐにはその事実を呑み込めない。しかし、魔法騎士団からの情報は信頼度がある。

「落ち着け、今どうするかは考えている」

ミハイルが興奮した様子のマークをなだめるように言う。

それから彼が最初に行ったのは、各地に魔法演習に行っている学院の二年生に対する注意喚起だった。

魔法騎士団が使う例の魔法生物にことのあらましを記した手紙を持たせ、それを各地の二年生に向けて飛ばす。生徒たちには演習先で待機するように書いた。

ヒースクリフのいる班だけは、ミハイルたちと合流するように指示を出す。

その班はダレン、ニーナ、アルナードという特別授業を受けたもう半分の生徒たちで構成されている。状況が状況だけに今は戦える魔法使いが一人でも欲しかったのだ。

生徒をむざむざ危険にさらすなど、いつものミハイルなら考えもしなかっただろう。

だが、このディジドルでレオンたちが悪魔憑きになったエイデンを自分たちの力で封じ込めたことで、考えが変わった。

少なくとも特別授業を受けた生徒たちに関しては十分に戦力になると信じたのである。

「ヒースクリフたちを迎えに行き、合流し次第王都へ向かう。お前たち、少し下がれ」

ミハイルはそう言うと召喚魔法を使った。

呼び出したのは巨大な亀のような魔法生物である。

「全員これに乗れ。エイデンの吸魔草を切らさないように気をつけろよ」

ミハイルに指示されて、レオンたちはその亀のような生物の背中に乗る。

「すごい、オーバータートルだ。世界で二番目に速いと言われてる希少生物だよ」

状況が状況だけに大きな声ではなかったが、感動したようにオードが言った。

レオンは初めて見る魔法生物だった。オードによればこの亀は空を飛ぶらしい。

戦闘音がやんで、恐る恐るといった様子でドドマチの屋敷から住民たちが出てくる。エイデンが捕らえられたことを知ると、大半の住民たちは素直に喜んでいた。

つい先程まで自分たちが幼い女の子を差し出そうとしていたことなどすっかり忘れている。最初から気にもとめていなかったかのように笑う住民たちを見て、レオンは悲しい気持ちになった。

差別は貴族から平民に向けられるものだと思っていた。

しかし実際は平民の中にも身分差がある。

自分たちが助かるのならば、孤児院の女の子一人くらいどうなってもいいという住民たちの思いがレオンには聞こえてくるような気がしたのだ。

「エイデン……どこに行くの？」

笑い合う住民たちの中で、ミアだけが目に涙を浮かべている。

ミアは縛られたエイデンが大きな亀の背中に乗せられているのを目撃した。

エイデンの元に駆け寄ろうとして、それをエリルに止められてしまう。

「いやだ……いやだよ！　エイデン、行かないで！」

ミアが懸命に呼びかけるが、吸魔草で魔力を奪われ続けているエイデンは反応がない。

エリルがミアを抱きしめ、宥めようとする。しかし、ミアは止まらなかった。

エイデンにとってミアは本当の妹のような存在だった。それはミアにとっても同じ。エイデンはミアの大事な兄だったのだ。

その様子を見ていたレオンは亀の背中から飛び下りた。そして、ミアの元へ向かおうとする。

「ダメよ。やめなさい」

それを止めたのはルイズだった。

「レオン、あの子に何て言うつもり？『エイデンは大丈夫』とでも言うの？　そんな無責任なこと、私たちは言うべきじゃないわ」

ルイズが止めなければ、レオンはミアにそう言っていただろう。

ミアをそれ以上泣かせたくなかった。エイデンとミアを引き離したくなかった。

だが、悪魔憑きとなったエイデンは確実に王都で裁きを受ける。

国王やその他の有力貴族たちにエイデンの身柄は預けられるのである。

ましてや、今は王都の緊急事態。

エイデンがこの先どうなるかなんて、誰にも想像がつかないのだ。

「ここにいる誰にも彼を救うことはできない。私たちには彼を助ける力はないのよ」

レオンを諭すようにルイズが言う。その言葉とは裏腹にルイズは目に涙を浮かべていた。

拳をこれでもかというほど握りしめている。

ルイズも悔しいのだ。この場で何もできない自分が。

実際にエイデンと対峙したルイズたちには、彼の思いが痛いほど伝わってきた。

悪魔憑きとなり、エイデンとしての意識が僅かとなっても、彼はミアを思っていた。

その思いがなければ、エイデンは完全な悪魔になっていただろう。そうなればレオンたちに止められたかはわからない。

その思いを痛いほどわかってしまったからこそ、レオンもルイズもエイデンを助けたいと思ったのだ。

ただ、ルイズはレオンよりも貴族社会について少しだけ知っていた。

だからこそ今の自分ではどうしようもないとわかってしまった。ルイズの言葉を受けてレオンは再び亀の背中に戻る。

今ここでミアに「大丈夫」と伝えても、その約束は果たされない。

ミアを安心させたいというレオンの気持ちが少し晴れるだけ。もしエイデンを救えなければ、ミアは今よりももっと辛い思いをするだろう。

それがわかったからこそ、レオンは何もできなかった。

何もできない自分の力のなさに腹が立った。

ミハイルが声をかけると、オーバータートルは静かに浮かび上がった。

歓声を上げる町の住民たちの声とミアの泣き声が混ざり合う。

微かなはずのその泣き声は、レオンの耳にハッキリと聞こえていた。

◇

ディジドルの町を飛び立ってから数時間後、レオンたちはヒースクリフの班と合流していた。

レオンたちの魔法演習試験先であるディジドルと、ヒースクリフたちの魔法演習試験先である町は同じ北方で距離も近い。

不測の事態に備えてミハイルがそうしたのだ。

オーバータートルはその後も高速で飛行を続け、王都を目指す。

その背中にしがみつきながらレオンはまだミアのことを考えていた。

できることはなかった。仕方なかった。自分を責めないようにそう頭の中で唱え続けるが、効果はなかった。

「レオン、ごめんなさい。でも……私」

その様子を気にしてルイズが声をかける。その表情は先程よりも沈んでいる。

彼女だけではない。マークも、オードも。

ディジドルにいた者は全員同じような顔をしている。

もっと自分にも何かできたのではないかと、自分を責めているのだ。

「ルイズのせいじゃない。ルイズが止めてくれなきゃ、僕はミアをもっと苦しめることになっていたかもしれない」

レオンはそう言って気持ちを切り替えようと頬を両手で叩く。

オーバータートルの背中の一番後ろに乗せられたエイデンの姿が目に入る。吸魔草がよく効いているのか、まるで眠っているように大人しい。

「見えたぞ。王都だ」

ミハイルが言った。レオンたちの視線が進行方向に向く。

ディジドルから王都へ向かうまでの間に夜は完全に更(ふ)け、周囲は闇(やみ)だ。しかし、王都上空だけ様子が違う。

紫色の禍々(まがまが)しいオーラのようなものが王都を照らしている。その光は少し離れたところにいるレオンたちにもしっかり確認できた。

「何だあれ」

レオンの横でマークが呟く。その答えはレオンにもわからない。

まるで空間をそのまま引き裂いたかのように一直線の亀裂が空に刻まれている。

切り裂かれた空間の奥にはどす黒い闇が垣間見える。レオンは闇の中から何かが出てくることに気づいた。

「あれ……」

レオンが指差したところをミハイルが確認する。それが何か、ミハイルにもわからなかった。わからないが、明らかに普通の生物ではない。鳥のように羽ばたく何かが群れをなして闇の空間から次々と飛び出している。

飛び出した群れはそのまま王都へ下りていく。

そのうちの何体かがレオンたちに気づいたらしい。精霊に劣らぬ速度で真っ直ぐに向かってくる。

「強襲警戒！」

ミハイルが叫ぶ。レオンたちは杖を構えた。魔法で火球を作り出し、撃ち出す。

放たれた火球は真っ直ぐに謎の生物に向けて飛んでいく。何体かは避け、何体かには当たる。

火球が当たった生物は燃え上がり、もがき苦しむようにくるくると回りながら落ちていく。

すり抜けた生物たちがレオンたちとの距離を縮める。

レオンはようやくハッキリとその姿を目撃した。鋭い爪、黒い羽、獰猛な顔。まるで大きな蝙蝠のような生物だった。その大きな蝙蝠にはツノが生えていた。一本の長いツノだ。レオンは見たことがなかった。魔法生物とも少し違うように思えた。

「魔獣だ……」

ミハイルが呟く。悪魔に関する伝説に登場する、悪魔が召喚する邪悪な生物。

それが魔獣である。

実物を見るのはミハイルですら初めてだった。

「ギシャアアアアア」

魔獣が吠える。まるでレオンたちを餌として認識したかのように。

口の中に生えた鋭い牙を剥き、涎を垂らしながらレオンの乗るオーバータートルめがけて飛んでくる。

その魔獣に対抗するかのようにオーバータートルが吠えた。口に魔力をため込み、炎へ変えて吐き出す。

レオンの目の前まで迫った魔獣はオーバータートルの吐いた炎に呑まれ、地に落ちていった。

「良くやった、エティシカ」

ミハイルがそう言いながら亀の背を撫でた。それがオーバータートルの名前らしい。エティシカは嬉しそうに一声鳴くと、王都の上空へ進入していく。

王都内で爆炎が上がる。数箇所で魔獣と魔法使いの戦闘が起こっているようだ。

町から悲鳴や戦闘音が聞こえる。逃げ遅れた人たちも大勢いるらしい。建物は壊れ、至るところで火が上がる。レオンたちの知る王都の姿はない。

「このまま下降して魔法学院に向かう」

ミハイルの指示でエティシカが急降下し、学院を目指す。

王都で一番魔法使いの数が多く、守りが強固なのは王宮である。その王宮が占拠された今、王宮内部にある魔法騎士団の本部に戻ることも難しくなった。

ミハイルは王宮の次に堅牢(けんろう)な魔法学院を悪魔討伐のための拠点にしようと考えていた。

学院内の競技用の敷地にエティシカは降り立つ。そのあとを魔獣たちが追ってきた。

レオンたちは魔獣を迎え撃つ。悪魔に比べると魔獣は大した脅威ではない。十分に戦える相手だ。

しかし、その数は圧倒的である。

上空の裂け目から次々と湧き出てくる魔獣たちはどんどんその数を増やしている。倒しても新たに出現してキリがない。

「全員頭を下げなさい」

大きく声が響いた。即座にミハイルが伏せる。レオンたちも一歩遅れてそれに倣(なら)う。

それと同時に頭上を巨大な炎が覆い、敷地内いっぱいに広がる炎が上空を飛ぶ魔獣たちを焼き尽くしていく。

魔法を使ったのは学院長だった。学院長のあとに続くように校舎から教師や三年生が出てきて魔獣を撃ち落としていく。

魔獣は数を減らし、レオンたちにも余裕が生まれた。その様子を確認すると、学院長は近くにいる教師に指示を出した。指示を受けた教師により、学院に結界が張られていく。

「助かりました。学院長」

ミハイルが学院長に礼を言った。

「君たちが乗るオーバータートルが見えたからね。一度結界を解いて正解だった」

悪魔が王都を襲撃した際、学院長はすぐにその異変に気づいた。即座に学院を覆う結界を張り、学院を守っていたのである。

結界が張られたままではミハイルたちが学院に入ることができないため、一度結界を解除して迎え入れてくれたのだ。

「俺はすぐに王宮に向かいます。王を救わなければ」

ミハイルはそう言うと、再びオーバータートルの背中に飛び乗った。さすがに王宮の中にまでレオンたちを同行させるつもりはないらしい。

悪魔が待っている王宮内に生徒を連れていくのは無謀だとミハイルは判断した。

「お前たちはもう十分に戦える。俺はそう判断した。だが無理はするな。常にお互いを守り合って戦え。今の力でできることが何か考えろ」

ミハイルはレオンたちに向けてそう言った。

浮上したオーバータートルは、教師がまだ結界を張り終えていないところから外へ飛び出していく。

それを見送ってから学院長はレオンたちに指示を出す。

「戦える生徒は学院の外で住民たちの救援に当たっています。どうか君たちも力を貸してください」

学院長の言葉にレオンたちは頷く。学院内は王都に住む魔法を使えない住民たちの避難所にもなっている。

突然の襲撃、そして数を増す魔獣たちに対抗するため、王都に住む全ての魔法使いが戦っていた。学院内には結界を張るために教師が何人か残っているが、それ以外の手の空いている者は外にいる。生徒たちも一年生は学院内で住民の治療を行っているものの、三年生は教師たちと共に戦っていた。

「僕たちも行こう」

レオンたちは結界を一部開けてもらい学院の外に出た。戦闘音と悲鳴が聞こえる方向へ走る。

レオンたちを見つけて魔獣が襲ってくる。

レオンが叫ぶ前に二人は剣を抜き、襲ってくる魔獣を両断していた。その後ろに迫る魔獣たちもルイズとアルナードが焼き払う。

「ダレン！　マーク！」

ミハイルの判断は間違っていない。レオンたちのチームワークは良い。各々が自分の役割を理解し、仲間を支え合う。

一年生の時からお互いを知り、高め合ってきたからこそだった。そのチームワークを使い、レオンたちは次々と魔獣を倒していった。

そして、戦いの中でさらに仲間との連携を磨き、戦い方を学んでいく。

元々訓練で鍛えていたレオンたちに実戦の経験が蓄積されていく。

その経験は長い間平和だった国の中では、決して培うことのできないものだった。悪魔による王都の急襲という非常事態が、皮肉にもレオンたちを強くするきっかけとなったのである。

戦いの中でレオンたちの放つ魔法はより効率的に、より効果的になっていく。

少ない魔力で、いかに大きなダメージを与えるか。彼らは常に考えて行動する。

その中でもレオンは特にすごかった。どうすれば相手を倒せるか、どんな魔法が効果的か。戦闘という、恐怖を覚えそうな状況の中でレオンの顔は生き生きとしている。

楽しそうなレオンの表情に気づいたのは、隣にいたマークだけだった。

◇

何人かの住民を救出し、それよりも多くの魔獣を屠り、レオンたちはしばしの休息をとっていた。

崩れた瓦礫の山に身を隠し、消耗した体力を回復させる。救出した住民たちにはルイズとアルナードが護衛につき、魔法学院まで案内している。

息を整えるレオンたちだが、心配なのは体力よりも魔力だった。連戦に次ぐ連戦。

特にディジドルでエイデンと戦っていたレオンたちの消耗が大きい。なるべく大きな魔法を使わないように気をつけてはいたが、それでも限界は来る。

魔力が底をつけば動けなくなり、魔獣に殺されるだけだ。

「悔しいが、できることを少しずつやるしかない。レオン、君は魔力を使いすぎだ。少し温存してくれ。次は僕がやろう」

瓦礫に背をもたれ、肩で息をするレオンにヒースクリフが言う。誰もが魔獣との戦いで消耗しているが、レオンは特にそうだった。

すすんで魔獣を攻めるだけでなく、皆に目を配りサポートまでする。そのおかげでここまで大きな怪我人もなく進んでこられた。だが、ヒースクリフはレオンに危うさを感じていた。

普段のレオンからはあまり感じられない闘争心。そして戦いを楽しんでいるような気配。

まるでレオンの中で何かが目覚めたかのような、元のレオンとは何かが違うようなそんな感覚である。

マークも同じように感じていた。いや、普段からレオンの側にいたからこそ、ヒースクリフよりも強く感じたのかもしれない。

彼だけが目にした戦いの中のレオンの表情。あれはレオンではなかった。レオンに似た別の何かだ。その不可思議な考えがマークの頭から離れなかった。

「マーク。ほら、少し飲んで」

そんなマークにレオンが水を差し出す。近くに水源はない。魔法で作り出した水だ。

「魔力の消耗は抑えろよ。ヒースクリフに言われたろう」

マークはそう言いつつ、器に入った水を受け取る。

「何だか気分がいいんだ。あまり疲れないというか、魔力も思ったほど失っていない感じがする」

水を飲みながらマークはレオンを見る。こうして話していれば普段のレオンだ。実戦でどこか興奮しているような気もするが、それはマークも同じ。

少なくとも先程感じた別人のような感覚はない。

「気のせいか」

とマークは頭に浮かんだ変な考えを振り払った。

「そろそろ行こう。他にも助けを待っている人がいるかもしれない」

レオンが立ち上がる。皆もそれに続いた。

◇

レオンたちが住民の救出を行っている頃、ミハイルは王宮を目指していた。あまりにも目立つオーバータートルからは降りて、王宮を守る外壁伝いに正門を目指す。

「飛行」の魔法を使えば外壁は簡単に越えられるが、王宮の上空には魔獣が数多く飛び回っている。王宮を守っているかのような魔獣たちと戦いながら中に入るのは困難だ。

さらに、その方法では目立ってしまう。王宮には王族や有力貴族たちがいたはずで、悪魔に占拠されてしまった今、彼らがどうなったのかわからない。

しかし、ミハイルは国を守る魔法騎士団の団長として、彼らが生きているという希望を持って行動するしかない。

あまりに目立つ行動を取れば、もし王族が人質になっている場合に殺されてしまうかもしれない。

そうならないためには隠密行動が必要だった。

ミハイルは正門の近くまで行くと、道を少しそれた。

「確か……あった。ここだ」

ミハイルがたどり着いたのは王宮から少し離れたところにある古い井戸だった。その下には水路があり、それは王宮まで繋がっている。

今より何代も前の国王が緊急時の避難用に作らせたもので、長い平和のおかげで今となってはその存在自体知る者が少ない。

かつては有用だったはずだが、魔法技術が発展した近代では避難用の転移魔法や飛行魔法があるため、この水路は忘れられていた。

ミハイルは古い井戸からその下に続く水路へ下りる。

「念のためこういった道も覚えていて正解だったな」

ミハイルはこういったことに妥協はしない自分の性格に感謝した。

王都の地下に張り巡らされた水路はいわば迷路であるが、王都にある避難経路や緊急時の魔法具の使用方法などは全て把握している。

魔法騎士団の団長としてそういったところで妥協すると落ち着かないのだ。

暗い水路の中を魔法で照らしながらミハイルは進む。記憶を頼りに王宮の地下に繋がる道を探り当てた。

水路を奥に進むと鉄でできた重厚な扉がある。扉の奥には地下通路があり、その先は王宮の地下牢がある。

ミハイルは慎重に扉を開ける。静まりかえった地下通路内に人の気配はない。その奥にある地下牢も同じだった。

「一体どういうことだ……」

ミハイルは王宮内に入り、呆然とした。広間や廊下、王室に至るまでどこにも人の気配がないのである。

「既に殺されてしまったのか？」

一通り捜し終えてから、謁見の間へ向かう。王宮内には争った形跡すらなかった。王宮内のどこにも死体も血痕もない。

それどころか、ものが壊れた様子すらないのである。静寂に包まれた王宮内には人がいないためか冷たい空気が流れる。どことなく不気味さを感じてしまう。

ミハイルは頭を悩ませる。こんな状況は想定していなかった。

王宮には数十人の魔法騎士団員が護衛についていたはず。王族や貴族も加えればもっと人数が多くなるのだ。その大人数が何の痕跡も残さずに消えた。殺されたのか、まだ生きているのかもわからない。

「小鼠がおるとは思ったが、のこのことここまで来るとは」

頭上から声がした。ミハイルは即座に戦闘態勢を取り、頭上を見上げる。

女性だった。浮いている。

その見た目は失踪した教師アイリーンそのものだったが、普段騎士団で活動するミハイルは彼女の名前を知っていても姿はわからない。彼は状況から見て敵だと考えた。

「我が名はア・シュドラ。崇高なる悪魔だ。小鼠よ、お前は一体何をしにここに来た？」

ア・シュドラと名乗る悪魔は問いかける。

ミハイルはそれに答えることなく杖を抜いた。

杖から放たれた雷の魔法が王宮の床を這い、ア・シュドラを襲う。

ア・シュドラは焦った様子もなく涼しい顔でそれを払い除けた。

「全く、今日は厄日かよ。化け物と連戦することになるとは」

そうぼやくミハイル。

しかし、雷を弾いたア・シュドラは本人も予期していなかったが、若干の痛みを感じた。

それは彼女にとって意外なことだった。何しろ、人間ごときの魔法でダメージを受けるとは思っていなかったのだから。

「この娘の身体が弱すぎるのか？　いや、この男が存外やるのか」

ア・シュドラはもう一度ミハイルの顔をよく眺めた。そして納得したように頷く。

「ああ、お前はこの国最強の魔法使いではないか。すまぬな、正直人間は皆同じ顔に見えるのだ。舐めてかかったことを詫びよう。北の遠い地に上手く誘き出したと思ったが、案外早く戻ったな」

その言葉にミハイルは耳を疑った。

――誘き出した。

目の前の悪魔は確かにそう言ったのだ。何よりもア・シュドラが自分のことを知っているのが気になった。

「お前……まさか王都を制圧するために、俺をディジドルに引きつけたのか？」

それはミハイルが瞬時に思いつく中で最も単純な予想だった。

ア・シュドラはクスッと笑う。

「聡いな。だがまだ甘い。いくらなんでもお前は私たちの脅威にはなり得んよ。私たちが危惧するのはただ一人。同族の遺産だけだ」

同族の遺産。それが何を指すのかミハイルにはわからなかった。

しかし、直感的にそれがレオン・ハートフィリアかヒースクリフ・デュエンを指しているのだと思った。

そしてディジドルでの一件。エイデンが悪魔憑きになったのが目の前の悪魔、ア・シュドラが仕組んだことだとするのなら、その狙いは一人に絞られる。

「レオンか」

ミハイルの言葉にア・シュドラの耳がピクリと動く。そして口角が不気味ににいっと上がった。

「やはり聡い」

「あの子が何だと言うんだ。あの子に何をする気だ」

ミハイルは杖を持ったまま走り出す。問いかけた言葉の答えを聞くつもりはなかった。

その前にア・シュドラを仕留めるつもりだった。

「だが惜しい……」

ア・シュドラが右の手を前に突き出す。

ミハイルの杖に籠った雷の魔法はまるで剣のように杖の周りに集まっていた。彼は地面を蹴り高く飛び上がる。杖を振り上げた。

「お前はその答えを知る器ではない」

ア・シュドラの右手の指先がパチンと鳴った。

そのあとに訪れたのは静寂のみ。

ミハイルはア・シュドラに攻撃を仕掛けることもできずに、跡形もなく姿を消してしまった。

◇

王都には敵からの侵攻を受けた際の避難方法が多数存在する。長い歴史の中でいくつもの戦争を経て対策されてきた証だ。

国王や貴族たちを安全に逃すためのルートだけでなく、国民が逃げるための地下通路や避難場所なども設定されていた。

しかし、その全てが万全に機能していたのは遠い昔の話である。時代は移り変わり、戦争も終結し、安寧の時代が訪れた。良くも悪くも人々は平和に慣れてしまっていたのだ。

作られた避難経路は年に一回の避難訓練で形式的に使用されるだけとなり、人々は「自分たちが襲われるはずがない」という意識を漠然と持つようになった。

その認識によって生み出されたのが今の王都の現状である。

悪魔の襲撃からしばらく経つが、まだ町に取り残されている住民は少なからずおり、避難場所である学院やその他の施設にたどり着いた者も多くはない。

逃げ遅れ、崩れた建物の中に閉じ込められている人もいる。

そんな中でレオンたちの救助活動は懸命に行われていた。襲いくる魔獣を倒し、崩れた建物を魔法でどかして抜け道を作る。

助け出した人たちを避難場所になっている一番近い施設まで誘導する。その一連の流れをもう何回も繰り返した。

魔獣を退けながら逃げ遅れた人を探し出し、戦闘を最小限に抑えつつ救出を優先する。

何とかここまで持ち堪えてきたが、皆もう魔力も体力も限界に近い。特に、先頭を走るレオンは既に足取りがおぼつかなくなっている。

「クソ……囲まれた」

マークが憎々しげに魔獣を睨みながらそう言い、剣を構える。王都の中央付近、王宮からもそう遠くない場所でレオンたちは魔獣に囲まれてしまう。

「すまない、僕のミスだ」

レオンが謝る。疲労のせいで判断が鈍っていた。魔獣の接近に気づくのが遅れ、囲まれる状況を作ってしまった。

大通りで、レオンたちを挟むように魔獣たちが迫り来る。上空にも敵が飛び、待ち構えている。逃げ道はない。

レオンたちは杖を構える。魔力が十分であればこの状況でも切り抜けられたかもしれない。しかし全員が限界に近い今、策はないに等しかった。

死ぬ覚悟。そんなものは一介の生徒に過ぎない彼らにはない。極限状態で彼らの頭に浮かぶのは恐怖の感情である。

目の前に迫り来る魔獣への恐怖、漠然としていた死が明確になっていく恐怖。

それでも彼らは誰一人として逃げなかった。戦意を最後まで失わずに、敵を見つめていた。

その油断のないレオンたちを前にして魔獣は数秒怯んだ。迂闊に飛び込めずに様子を見たのである。

たったの数秒。しかし、その数秒が彼らを救った。

激しい爆音と爆風。正面の魔獣たちの後方からだ。

巻き上がる煙と、魔獣たちの悲鳴にも聞こえる鳴き声。呆気に取られるレオンたち。大通りに並ぶ建物の一つ、その屋根の上からこちらを見下ろす影がいた。

彼は言う。いつものようにイタズラを思いついた少年のごとく、楽しそうに笑いながら。

「僕は常々ヒーローという存在に憧れているから、こんな時、どんなカッコいい言葉を言おうか考えてたけど、実際に言う時が来るとは思わなかったな」

その影は屋根から飛び下りてレオンたちの前に立つ。襲いかかろうとした魔獣たちは彼の魔法によって弾き飛ばされていく。

その人物はレオンが尊敬し、慕っている先輩。

「もう大丈夫。あとのことは僕に任せなさい。後輩諸君」

昨年の魔法学院で成績トップの卒業生にして、南寮の監督生を務めた秀才。

クエンティン・ウォルスである。

クエンティンは迫り来る魔獣に魔法で対抗しながら、レオンたちにある魔法具を渡した。前方の敵に注意しつつも、レオンたちに意識を割く余裕はさすがと言える。

「先輩、どうしてここに……」

「話はあとだ。君たちはそれをあいつらに向けて投げてくれ」

レオンの言葉を遮り、クエンティンが言う。彼がレオンたちに渡した魔法具は手のひらサイズの筒のようなものだった。見たことがない魔法具だ。

「魔魔堂特製『簡易魔導弾』さ。中に詰められた魔法素材が何かにぶつかると作用して爆発する。魔力を使わないから今の君たちでも戦える」

クエンティンは説明すると試しに一つを投げてみせる。魔獣たちの後方に飛んでいった魔法具は落ちてから数秒ほど時間をおいて爆発する。

先程の爆発もこの魔法具によるものだった。魔法具の威力は十分で、落ちた先にいる魔獣を複数体巻き込み燃え上がる。

「この魔法具と僕の魔法でひとまずここを抜け出すよ」

レオンたちが魔法具を投げ、敵を撹乱する。それによって敵の層が薄くなった部分をクエンティンの魔法で強行突破して、レオンたちは包囲から抜け出した。

追ってくる魔獣たちを振り切るため、駆け抜ける。

先頭を走るのはクエンティン。

そのすぐあとをついていきながらレオンは懐かしさを感じていた。

クエンティンが監督生だった頃、彼はいつもこうしてレオンたちを引っ張ってくれていた。魔法祭の時もそれ以外の時も、いつも。

たった一年前のことなのにそれが懐かしく感じる。そして、その大きな背中はレオンにとって何よりも頼りになるのだ。

絶体絶命の状況を抜け、レオンたちは安全を確保した。極限の緊張を脱し、誰もが息を吐く。

だからこそ誰にも気づけなかった。

魔獣から逃げるように走るレオンたちの足元にはいくつもの水たまりがあった。しかし、この時期、王都にそれほどの雨は降らない。

その不自然さに、万全な状態のレオンたちであれば気づいていたはずなのに。

逃げることに夢中で誰も気に留めず、水たまりを踏み抜いていく。水飛沫が上がり、レオンたちの服に染み込んでいく。

それが液体状に変化した悪魔の魔力だとも知らずに。

いつの間にかレオンたちの身体にその悪魔の魔力が染み込んでいるとも知らずに。

「もう少し行くと魔法研究の施設がある。避難場所になっているから、君たちはそこで少し休むんだ」

走りながら、クエンティンの言葉に「はい！」と返事をしようとしたレオンたちの足が止まる。

「先……輩？」

戸惑ったように声をかけるが、返事はない。先頭を走っていたはずのクエンティンの姿が消えたのだ。なんの前触れもなく突然。

レオンたちは周囲を見渡す。そして見つけた。空中に浮く人影を。

暗闇に紛（まぎ）れているが明らかにクエンティンではない。人影が前に進み、その姿を月明かりが照らし出す。

「ふむ、本当ならばあとで回収に向かう予定だったが、まさか既にここに来ているとはな。手間が省けたと捉えるべきか」

姿を現したのは女性だった。それもレオンたちの知る人物だ。

「アイリーン……先生？」

魔法学院の教師にして、本来ならば魔法応用学の担当講師。悪魔に連れ去られたとミハイルが言っていたアイリーン・モイストである。

その姿を見てレオンたちはホッと胸を撫で下ろす。彼女が無事だったこと、そしてこの状況で知っている人に出会えたことに対してだ。

魔力を極限まで使用したレオンには既に、目の前のアイリーンの魔力を感知する力は残っていなかった。

「近づくなレオン！　先生じゃない！」

マークが叫び、ルイズがレオンの手を引く。

不気味な笑みを浮かべたアイリーンがレオンたちの前にふわりと着地した。

「我が名はア・シュドラ。崇高なる悪魔だ。同族の遺産よ、ようやくお前をこの手にできる私の喜びをお前に伝えたい。我らの感謝も。お前のおかげで我らの主人は生き延びられる」

ア・シュドラはレオンを指差すとニヤリと笑った。

その指が短くパチンと打ち鳴らされた。

◇

気がつくとレオンは檻の中にいた。石造りの壁と堅牢な鉄格子。その真ん中で寝かされていたようだ。

起き上がり、自分の手足を確認する。痛みはなく鎖に繋がれているわけでもない。ただ何故か身体が気だるくて、酷い頭痛がした。

レオンは先程の出来事を思い浮かべた。

ア・シュドラと名乗るアイリーンそっくりの悪魔。その彼女が指を一つ鳴らしたところまでは覚えているが、その後の記憶がない。気づけばここにいた。

「何があったんだ……とにかくここを出ないと」

どれくらいの時間が経ったのかはわからない。ほとんど空だった魔力が僅かに戻っていることを考えると、少し長めに眠っていたのかもしれなかった。

立ち上がり、両手で鉄格子を掴んで前後に揺らしてみた。

鉄格子はびくともせず、外れる様子はない。

次にレオンは鉄格子から一歩離れ、自分の手を向ける。魔法でこじ開けようとした。

大規模な爆発を起こせば、レオン自身も巻き込まれてしまうため、狙うのは鉄格子の扉だ。

鍵を小さな爆発で壊せば出られるだろうという考えだった。

檻に向けた手に魔力を込める。

「無駄だよ。どうもこの檻の中では魔法は使えないらしい」

前方から声をかけられ、レオンは視線をそちらにやる。向かい側に同じように檻があり、その片隅に人がいる。

檻には外からの光は差さず、廊下を照らす松明(たいまつ)の炎がゆらゆら揺れているだけだ。中ははっきり見えない。その人影がゆっくりと前に進み出る。

「クエンティン先輩、ご無事でしたか」

その人物はクエンティンだった。彼も同じように檻の中に閉じ込められている。

「この状況を無事と言えるかはわからないけど、死んではいないね。他の人たちも」

クエンティンが指で自分の両隣を示す。レオンは再び鉄格子に近づき、見える範囲の左右に視線を巡らせる。

同じような檻が無数に続いている。とても大きな牢獄(ろうごく)のようだ。その一つ一つに同じように人が囚われているのならば二十人以上はいるだろう。

クエンティンは鉄格子の近くに座っている。レオンもなるべくクエンティンに声が届きやすいよう鉄格子に近づき、腰を下ろす。頭痛がさっきよりも酷くなっている気がした。

「ここはどこです？　王宮の地下牢ですか？」

レオンの言葉にクエンティンは首を横に振り、否定する。

「一回見たことあるけど、王宮の地下牢はこんなに大きくない。あそこは一時的に囚人を拘束する場所だからね。ここは、もっと大勢を収容するために作られたみたいだ」

クエンティンにも今いる場所の正確な位置はわからなかった。

しかし、王都から遠く離れた位置であることは何となく予想していた。

レオンも少ししてから気がついたが、息が白いのだ。

冬季に向けて寒くなってきたとはいえ、王都の気候ではまだまだ息が白くなるほどの気温にはならない。この時期に息が白くなるのはディジドルのような北の地域だけだ。

「レオンか……?」

鉄格子越しに話す二人の声を聞いて、他の牢屋から声をかける者がいた。その声にはレオンも聞き覚えがある。

「ミハイル先生?」

その声は確かにミハイルの声だった。

「何でお前がここにいる?　他のやつらはどうした」

声の位置からするとミハイルはレオンの隣の檻にいるようだ。

「わかりません。悪魔に襲われてここに。マークたちはここにいないのですか?」

レオンは檻の外に向けてマークやルイズの名前を呼ぶが、返事はなかった。まだ気がついていないだけか、それともここには連れてこられていないのか。

「先生はどうしてここに？」

ひとまずマークたちのことは置いておき、レオンはミハイルに尋ねた。

「ア・シュドラと名乗る悪魔に負けたようだ。不甲斐ない話だが、正直何をされたのか全くわからなかった」

ミハイルはア・シュドラと対峙した時のことをレオンとクエンティンに話した。

ア・シュドラが指を打ち鳴らす瞬間までは覚えているものの、そのあとは気がつけばこの牢屋の中にいたという、レオンと全く同じ状況だった。

「王宮の中に誰もいなかったというのが気になりますね。僕たちを一瞬でここに移動させた方法といい、悪魔は何か未知の魔法を持っているみたいですね」

とクエンティンが言う。

「ア・シュドラがアイリーン・モイストと瓜二つだったっていうそっちの話も気になるな。ただの偶然とは思えねえ」

ミハイルが言った。

レオンは二人が考察する間、ただ黙っていた。正確には喋ることができなかった。

頭の中に溢れてくる色々な情報がレオンの思考の容量を超えていく。

知らないはずのことを知っているような不思議な感覚。

考えが追いつかなくなり、やがてレオンは気を失ってしまった。

そのことにクエンティンもミハイルも気がつかなかった。

二人もすぐに気を失ったからである。

その他にも檻に囚われていた全員が、突然眠るように意識を失った。

全員の意識がなくなり、静かになった部屋の中に足音がコツコツと響く。そして、重苦しい音を立てながら檻の扉が開かれた。

クエンティンは腕に痛みを感じて目を覚ました。そこは牢屋ではなかった。

暗い部屋の中を蝋燭の火が照らしている。正面に、腕を鎖に繋がれ、壁に吊るされた人たちが何人か見えた。

膝を地面につけ、腕の鎖は体重によって引っ張られている。気を失っているようだ。

クエンティンはさらに首を左右に振り、状況を把握しようと努めた。

自分の状態はすぐにわかる。

目の前の人たちと同様に鎖で繋がれている。

腕の痛みは鎖に体重がかかり、繋がれているところの肉に食い込んだ痛みだった。

「まいったね。明らかにやばい雰囲気だ」

クエンティンは呟き、横で同じように吊るされている少年に声をかける。

「起きないとやばいよ。レオン」

そこには先程までのクエンティンと同じように気を失っているレオンの姿があった。クエンティンは声をかけ、足でレオンの身体をつついてみたが起きる気配はない。

「大物になれるね、きっと」

冗談を言っている場合ではないのだが、言わないと現実に押し潰されそうになってしまう。あくまでも冷静でいるためにクエンティンは普段通りを貫こうとした。

「起きたか、魔魔堂の店員」

声をかけられ、レオンとは反対方向に首を向ける。そこにはミハイルがいた。やはり、同じように鎖で吊るされている。ミハイルはクエンティンよりも先に目覚めていたらしい。

二人は知らない仲ではなかった。ミハイルは魔魔堂の店主であるリタ婆と仲が良く、度々魔魔堂に足を運ぶ常連だった。

「この鎖、牢屋と同じ作りだ。魔法を撃とうとすると魔力が吸われちまう」

ミハイルは腕に力を込めて鎖を引っ張る。頑丈な鎖はびくともしない。鎖がぶつかり、ガシャガシャと音が鳴る。

「ここにいる連中、恐らく牢屋にいたやつらだな」

ミハイルは鎖を引っ張るのをやめてそう言った。正面に見えるのは四人。

レオンの隣にも一人いるため、この部屋には今八人が捕まっていることになる。レオンたち以外の五人は皆顔立ちや服装が違う。他国の人間のようだ。

何故、他国の人間が捕まっているのかという疑問がミハイルとクエンティンには浮かんだが、それについて話している暇はなかった。

部屋の中に男が一人入ってきたのだ。その男に二人は見覚えがなかった。

ただその邪悪な魔力は十中八九悪魔だろうと推測できる。

「時は満ちた。我らが一部となれることを誇りに思うがいい」

悪魔は仰々しく言うと、ミハイルの正面にいた男の鎖を外して部屋から連れ出す。男は他国の言葉で喚き抵抗するが、悪魔はそれを力で押さえつけて引きずっていく。

その言葉の意味はクエンティンにもミハイルにもわからなかった。しかし、それが抵抗か、あるいは命乞いの言葉であることは予想ができた。

その数秒後に、ミハイルたちの耳にも聞こえるくらい大きな悲鳴が上がる。

連れていかれた男のものである。聞いたこともないほどの悲鳴、断末魔の叫びとも言える。男の悲鳴はやがてプツリと途切れ、少ししてまた悪魔が部屋にやってくる。

そしてまた一人、鎖に繋がれた人間を連れていくのだ。

「タチの悪いカウントダウンだな……」

ミハイルは呟く。クエンティンも強がって笑うが、内心では恐怖を抱いていた。正面に繋がれている人間が一人ずつ消えていく。

そして、そのたびに耳を塞ぎたくなるような悲鳴が上がる。順番に連れていかれるため、自然と自分の番がいつなのかわかってしまう。

すぐにクエンティンたちの正面の人間は誰もいなくなった。悪魔が再びやってきて、レオンの隣にいた女性の鎖を外す。

他の人の叫び声で目を覚ましたのだろう。連れていかれる時に何かを懸命に叫んでいた。

俯くクエンティンだったが、チラリと見てしまった。その瞬間、顔を上げたことを後悔する。女性と目が合った。その目が確かに助けを求めていた。

だが、クエンティンには何もできない。

女性の声は部屋から出た辺りで段々と聞こえなくなった。

やがて再び叫び声が聞こえ始める。それだけ大きな声を上げたくなるほどの苦痛が待っているということだ。

「いい加減起きろよ、レオン……」

レオンはいまだに目を覚まさない。

迫りくる危機を前にして、図太くも深い眠りについているようだ。

真の悪魔編

Botsuraku shita kizokuke ni hirowareta node
ongaeshide hukkou sasemasu

レオンはいつもの夢を見ていた。古ぼけた屋敷の中、ランプを持って、暗く寒い廊下を歩いている。

これが夢であるということ、現実では自分に危機が迫っているということを自覚しながらも、レオンは落ち着いていた。

夢の中ではいつもと同じような光景が続いている。違うのはいつもならレオンについてくるモゾの姿がないことだ。

ランプの光に照らされたレオンの影がゆらゆらと揺れている。

「モゾ、出ておいで」

レオンは呼びかける。影はさらに揺らめき、やがてポコッと一つの塊ができる。レオンが見ている前でそれは猫のような形になり、やがてモゾとなった。

「さぁ、行こう」

その様子を見てもレオンは驚かなかった。まるで、最初から知っていたかのように動じない。レオンが声をかけると、モゾはトテトテ歩き始める。

今日もモゾはレオンの前を歩いている。

また道案内をするかのように数歩歩いては止まり、振り返るモゾ。

レオンはそれについていった。暗い廊下を真っ直ぐ進み、右に曲がり階段を上る。モゾは二階の一番奥の部屋へ入っていき、レオンも続く。

「やあ、待っていたよ」

部屋の中には大きな椅子とそれに腰かける人物がいた。以前レオンはその人物に会ったことがある。白き伝説の悪魔ファ・ラエイルだった。

「思った通り、今ならば君と通じ合える」

ファ・ラエイル、別名エレノアはレオンににこやかに笑いかけると、自分の向かいにある椅子に座るように促す。レオンは言われるままに腰かけた。

「前に一度、ここで君に会った時には失敗したけど……君の成長とこちらの世界に触れたことが功を奏したかな」

エレノアの言葉を聞いて、レオンは前に夢の中で見た黒い化け物のことを思い出した。得体が知れないあの化け物の正体は、今目の前にいるエレノアだったらしい。

「ここは、元々は僕の屋敷でね。君がここに入れるとは知らずに危うく醜い姿を見せるところだった……まぁ、そのおかげで彼らの動きにも気づけたから悪くはないか」

レオンのよく見る夢、その夢の中の屋敷はエレノアの精神世界の一つだった。

本来であればエレノア以外の人物は入り込めない。レオンが偶然にもこの世界に入り込めたのは、エレノアとの繋がりが原因である。

エレノアがそのことを知ったのはちょうど去年の魔法祭の前だった。

屋敷の中に別の気配を感じ、迎撃した。その相手はすぐに姿を消したが、それがレオンだとすぐに気づいたのだ。

レオンの様子を調べようと人間の世界を覗くようになり、悪魔がヒースクリフの感情を操っていることにも気づいたのである。

「今なら君にもわかるだろう。何故、僕と君に繋がりがあるのか。そして今、悪魔たちが何をしようとしているのか」

エレノアの試すような口ぶりにレオンは頷いた。

口には出さないが、レオンはもうほとんど気付いていた。いや、思い出したと言うべきか。そしてそれは、ア・シュドラという名前の悪魔と対峙した影響だということもわかっていた。

エレノアは笑う。優しい笑顔だ。

「悪くない。利発で聡明、君は正しく成長した。レオン・ハートフィリア、今こそ君に真実を告げる時が来たようだ」

そう言うと、エレノアは指を一回鳴らす。レオンの周りが真っ暗になる。ここはエレノアの作り出した精神世界。姿形が限りなく現実に近くても、やはり現実ではない。

エレノアはレオンに見せるつもりだった。自分の過去や、レオンの生まれた経緯を。

その歴史をこの精神世界に反映しようとしているのだ。

世界の景色が変わり、レオンは平原の上に立っていた。空が赤い。燃えているようだ。爆音がところどころから聞こえる。

「これは、悪魔同士の戦争だ。君の物語の始まりとでも言うべきか」

エレノアの声が空に響くが、姿は見えない。レオンは遠くで燃えている煙をただ眺めていた。

その頃の悪魔たちは悪魔の繁栄(はんえい)だけを願う「ア族」と、人間との共存を訴(うった)える「ファ族」との間で争いが生じていた。

ここは魔界。人間の住む世界とは違う悪魔だけの世界で、今日もまた悪魔同士が殺し合う。ア族を率いるのは悪魔の中でも屈指(くっし)の実力を誇るア・ドルマ。

ファ族を率いるのはファ・ラエイルである。

彼らは幼少の頃からの仲だった。共に魔法を学び、お互いを高め合った。

それがいつの日か思いを違(たが)えるようになり、二人の争いは一族の争いにまで発展してしまった。

「ラエイル……何故わからない。このままでは悪魔は終わるぞ」

「ドルマ、目を覚ませ。私利私欲のために他者を利用するなど愚かなことだ」

争いの理由は魔界の存続に関する問題だった。

魔界の魔力は年々薄まり、数百年後の話ではあるが、悪魔が住むことのできない世界になってしまうと判明したのだ。

そこで二人が目をつけたのが人間の住む世界だ。悪魔たちは人間界の存在を知っていた。

——この世界には魔界の他にも世界が存在する。しかし、何人たりともその境界を侵してはならない。

悪魔たちが守り続けてきた規則である。

そして魔界と人間界には大きな違いもあった。それは二つの世界に存在する魔力の性質の違いである。

悪魔の持つ魔力を陰とするなら、人間の持つ魔力は陽。

かつて、それを些細な違いだと軽んじた一人の悪魔が規則を破り、好奇心から無理やり人間界に飛び込んだことがある。その結果は悲惨なものだった。

人間界にたどりついた悪魔は陽の魔力の中で存在を保つことができず、空気の中に塵のように消えてしまったのだ。

自分の中の陰の魔力と人間界の陽の魔力が混ざり合わず、反発したことが原因だった。その結果を知って、なおさら人間界との境界を越える悪魔はいなくなった。

魔界がなくなる、という事実を知るまでは。魔界が消えれば当然そこに住む悪魔たちも生きてはいられない。

そこで人間界に目をつけたのがア族の者たちだった。

――人間の身体を乗っ取れば悪魔は人間界でも生きていける。

ア族は長年の研究の末、その事実を突き止めたのである。それによりア・ドルマはとある計画を立てた。

人間界にいる魔法使いを集め、その全てを悪魔が乗り移るための器とする計画だった。

これに反発したのがファ・ラエイル率いるファ族である。

人間界に住む方法はファ・ラエイルも模索していた。

しかし、人間の身体を悪魔が乗っ取れば、その身体にもともとあった人間の魂は居場所を失ってしまう。

時間が経てば身体の中に入っていることもできなくなり、体外に出て消え失せるのだ。

それは「死」と同じである。

自分たちが生き残るために人間を犠牲にしようというア族の考えに、ファ・ラエイルは到底賛同できなかった。

ファ・ラエイルはすぐさま計画の中止を訴えたが、ア・ドルマは秘密裏に計画を進めていた。

全ての魔法使いの身体を乗っ取るという計画は簡単に終わるはずだった。しかし、そう簡単にはいかない事情もあった。

悪魔が乗っ取れる人間の身体がなかなか見つからなかったのだ。

魔法使いであれば誰でもいいというわけではなく、年齢や性別、そして相性という様々な条件があった。条件の合わない身体を無理やり乗っ取ろうとすれば、人間も悪魔も両方が死ぬ。

ア・ドルマは人間の身体の研究を進め、適合しやすい者の選別を始めた。そして、乗っ取る対象を着実に集めていったのだ。

だが、選別に時間をかけすぎたために、秘密裏に行われていた計画はファ・ラエイルに見つかってしまう。

二人の間に争いが起こり、他の部族まで巻き込んだ大きな戦争に発展したのだ。

長く続いたこの戦争はお互いの部族の悪魔を多く殺した。劣勢(れっせい)だったのはファ族の方だ。

元々ア族に比べて数も少なく、他の部族を従えているわけでもない。

それでも戦ってこられたのはファ族が誇り高く、優秀な戦士だったからだ。

しかし、数に圧倒されてファ族は少しずつ数を減らしていた。

終戦が決まった時、残ったファ族はファ・ラエイルだけだった。戦争に負けたファ・ラエイルはそれでもなおア・ドルマの愚行を止めるべく逃げ延びた。

そして、新たな計画を始めるのである。

ファ・ラエイルは希望を捨てなかった。その希望の象徴として、あるものを戦場から持ち去っていた。

ア・ドルマは消えたファ・ラエイルを捜すが、ついにその消息はつかめなかった。それどころか戦争で死亡したはずのファ族の悪魔たちの遺体すら一つも残っていない。ファ・ラエイルが持ち去ったのはまさしくその遺体であった。

持ち出したものは、もう一つ。それは、ア・ドルマの研究施設から盗み出された、人間の肉体と悪魔の魂の適合率を調べるためにア・ドルマが用意した若い人間の男女の遺体である。

それらを持って彼はどこへ逃げたのか。

行先は彼自身の作り出した精神世界であった。北国の大地に立つ大きな屋敷。

ファ・ラエイルの故郷の姿である。

そこで彼は大きな研究を始める。材料となるのは回収した同族たちの身体とその血。長く、難しい研究になることはわかっていた。しかし、それしか方法は残されていない。

彼は、人間たちの身体を乗っ取るア・ドルマの計画にもまだ時間がかかることを知っていた。その計画が始まるまでに、自分の研究が成就する可能性に賭けたのである。

長い年月と膨大な魔力を消費してファ・ラエイルの研究は完成する。屋敷の中の一室で自らが生み出した生命体に彼は話しかける。

「お前こそが我が希望。必ずや生き延びて私の願いを叶えてくれ」

生み出された生命体はその思いに応えるかのように元気に泣いている。それは、人間の赤子だった。しかし、ただの人間ではない。

ア・ドルマの研究施設から盗み出した人間の肉体と、ファ族の悪魔たちの血と魂を糧にして、魔術で生み出された子供。

並大抵の魔法ではなく、ファ・ラエイルの膨大な知識と年月をかけてようやく生み出された魔法の結晶とでも言うべき生命である。

ファ・ラエイルはその生命を作り出すため、自分の魂の半分も費やした。文字通り魂の半分をその赤子に託したのである。

そのせいで自身の力は弱まり、精神世界を維持するだけで精一杯となった今、もはやア・ドルマを止められるだけの力は彼にはなかった。

そうまでして何故この生命体を作ったか。それは、この子供に人間界の命運を託すためであった。

同じ人間から作り出されたその肉体は人間界に適応し、ファ族とファ・ラエイルの魂を受け継いだその精神によって力強く成長する。

そして、人間界にア族の脅威が迫った時にファ・ラエイル自身がこの子供に乗り移り、ア族を止める計画だった。

そのためには、この生命体を精神世界から人間界へ旅立たせなければならない。

人間界の陽の魔力を幼い頃からその身に受け、定着させないとファ・ラエイルがその身体を受け継いでも意味がないからだ。

気がかりなのはその子供がどのように成長するか、ファ・ラエイル自身にもわからないことだった。

人間界の情報を知るために姿を現せば、ア・ドルマに見つかってしまう。

また、子供が成長するまではその正体を隠しておきたい。その思いからファ・ラエイルは子供にある魔法をかける。

「影の僕よ。我が半身の身の内に入り、その身を守れ。そして我が目の役割を担うのだ」

生み出したのは悪魔ならば誰でも使える、己の影を使った使い魔の魔法だった。

その影は子供の影の中に入り、その子供がこれから見るもの、感じたもの全てを共有する。これで、その影を通してファ・ラエイルも成長を見守れるようになる。

こうして、子供は人間界へ送られた。山の中に転移した子供は幸いにも優しい人間に拾われ、すくすくと育った。

そして、ファ・ラエイルの願いの通りに陽の魔力をその身に宿し、多くの困難に立ち向かいながら真っ直ぐに、強く成長していくのだった。

伝説の悪魔、ファ・ラエイルがア族による人間界への侵略を止めるために己の器として生み出した存在、それがレオン・ハートフィリアの正体だった。


エレノアの作り出した精神世界が過去の情景を映すのをやめ、再びあの古い屋敷へ戻ってきた。

「それじゃあ、これから僕の身体にあなたの魂が入り、あの悪魔たちを倒してくれるのですね？」

悪魔の戦争、自分の生まれた経緯を精神世界で追体験したレオンは、動じていない風を装った。

驚いていないわけではないが、ある程度のことは檻に閉じ込められていた時に既に思い出していたからだ。

今の話に照らすと、レオンが対峙した悪魔ア・シュドラはアイリーン・モイストの身体にア・シュドラの魂が乗り移った存在だとわかる。

中に入っていた魂は別人でも、身体はアイリーンのものだったのだ。

エレノアの「レオンの身体に乗り移り、ア族を倒す」という計画を聞いても、レオンは取り乱さなかった。

ア・シュドラに手も足も出ず、拘束されてしまったレオンにとって、今の人間界の状況は一人ではどうしようもない。

エレノアに身体を渡すことで悪魔たちの侵攻を食い止められるのなら、その方法に頼るしか道はなかった。

王都にはレオンの友人たちがいる。人間界には愛する両親と弟がいる。

悪魔の好きにさせるわけにはいかない。

「最後に、お願いがあります。悪魔に変えられた人たちを可能なら元に戻してあげてください。そして……僕の両親や弟が不自由なく暮らせるようにしてほしい。あなたには関係のないことだと思うけど、あなたに作られた僕の命をかけた頼みです」

そう告げたレオンは目を閉じる。悪魔の魂に身体を明け渡せば元の人格が失われるというのは、ア・シュドラを見ていればわかる。

レオンなりの覚悟を決めた姿だった。エレノアの手がゆっくりとレオンの方へ向かう。その手が彼の頭に触れた。

「すまない。勘違いさせてしまったね」

エレノアはレオンの頭を優しく撫でる。父親のように優しい手だった。

「勘違い……？」

レオンは目を開け、困ったような表情を浮かべる。目の前のエレノアは優しく微笑んでいた。

「確かに、最初は君の身体をもらうつもりだった。でも、考えを改めたんだ」

それはレオンがエレノアの屋敷に入り込み、二人が初めて出会ったあとのこと。エレノアはレオンの生活の全てをその目で見ていた。

学院に入り、妬まれながらも懸命に学問に励む姿。

そして、ヒースクリフとの諍いとその後の和解した二人の様子。

その二人の姿に、エレノアはかつての自分とア・ドルマの姿を思い出した。

「私は一度失敗している。親友を止められず、暴走させてしまった。再び彼らの前に出ても、私には止められない……止めるのは君だ」

悪魔同士の戦争でエレノアはア・ドルマに敗れた。自分の全力を託した魔法は彼には届かず、彼の中の憎しみの火種を燃え上がらせてしまっただけだ。

再びレオンの身体を使って彼の一族と対峙して、その炎を消せるのか。

エレノアはその問いを肯定する自信を持てなくなってしまった。悪魔と悪魔が争いを起こしても何も変わらないのではないか、と。

ア・ドルマの計画は既に始まっており、ことは人間界を巻き込む大事件になってしまった。

彼らを止めるのは同じ悪魔の責務だという考えがエレノアにはずっとあったが、同時に止められるのは自分ではなく、レオンなのではないかという考えもあった。

ヒースクリフと和解したレオンの姿を見て、エレノアは身体を乗っ取るよりも彼の可能性に賭けてみたいと思うようになった。

レオンのひたむきさと、それを助ける仲間たちの可能性に。

「君の身体をもらうのではなく、私の魂の残りの半分を君に渡すことにした。この力があれば悪魔たちにも対応できるはずだ」

エレノアが右手を差し出す。レオンはその右手を握り返した。魔力なのだろうか、身体に不思議な力が流れ込んでくるのをレオンは感じた。

「これで、私の魂は全て君の身体の中に入るが、主導権は君だ。私の意識は確かに君の中にあるだろうが、それは記憶という形で君を助ける」

エレノアの身体が徐々に薄くなり、消えていく。レオンの中に魂が全て入ればこの精神世界もなくなる。エレノアという悪魔は消えるのだ。

「これで、もう二度と会えなくなるってこと？」

レオンは不安そうに問いかけた。エレノアに直接会ったことは数回しかないが、それでも名残惜(なごりお)しい気持ちになるのが不思議だった。

考えてみればエレノアはレオンの生みの親ということになる。

もっと色々な話をしたかったのかもしれない。

エレノアは今までと同じ優しい笑顔をレオンに向けていた。

「そんなことはない。僕は君の中で君の活躍を常に見ているし、そのうちまた会えるさ……レオン、最後に僕の頼みを聞いてほしい。ア・ドルマの『人間の身体を乗っ取る』という計画は、いつの間にか『人間界を乗っ取る』という目的に変わってしまった。彼は、器となる魔法使いだけでなく、全ての人間を消して悪魔だけの世界を作るつもりだ。どうか止めてくれ、僕の命をかけた願いだ」

消えゆく最後の時、エレノアの右手にグッと力が入るのをレオンは感じた。その思いはレオンの中にしっかりと刻まれる。

全てが終わり、目の前からエレノアがいなくなった時、レオンの目から一筋の涙が流れた。

エレノアのことはよく知らない。彼の過去を見ても仲が深まったわけではない。

それでも、繋がり合った二つの魂のせいか、悲しくなった。

悪魔と、その悪魔に作られた人間。

歪(いびつ)な関係だったが、レオンにとってエレノアは、ようやく会えた本当の父親のような存在だったのだ。

◇

クエンティンたちが捕まっている部屋の中、呼びかける声によってレオンはようやく目を覚ました。

「やっと起きたかい、レオン。でも、この状況から抜け出さないと何の意味もないけどね」

クエンティンは内心ではホッとしながらも軽口を叩く。

鎖で繋がれている以上、目を覚ましたからと言って何かできるわけでもない。

諦めたつもりはなかったが、最期のその時に別れの挨拶もできないのではあんまりだと思ったのだ。

レオンは自分の両手の鎖の状態を確認すると、立ち上がった。

「やめておけ、どんなに引っ張ってもその鎖は壊せないし、ここでは何故か魔法も使えない」

ミハイルが忠告するが、レオンは何も力任せにこの鎖を解こうとしているわけではなかった。

最初にいた檻や、この部屋の中で魔法が使えないのには当然理由がある。檻や鎖に何か仕掛けがあるのかと思ったが、そういうわけではなかった。

「おいで、モゾ」

レオンが呟くと、部屋の明かりに照らされてできた影の中から黒い塊が出てくる。いつものように猫の姿に変わるそれは紛れもなくモゾだった。

エレノアが人間界を見るためにレオンの影に潜ませた存在。

つまり、レオンが人間界に送られてからモゾはずっと共にいたのだ。影の魔法であるモゾには当然魔力がある。

今までレオンはその魔力を感じ取ったことはなかった。しかし、今ならばよくわかる。エレノアの魂を全てその身に受けたレオンには、ある変化が起きていた。

レオンの肉体は元々人間から作られている。エレノアの魂の半分と他のファ族の魂も組み込まれてはいるものの、それらはレオンの精神を作り出すのにほとんど使われてしまった。

作られたとはいえ、身体自体は普通の人間と同じなのである。そして、レオンが今まで使ってきた魔法というのは全て、普通の人間と同じ陽の魔力を元に発動していた。

しかしエレノアのもう半分の魂を宿した今、レオンは己の身体の中にもう一つ、陰の魔力があることを悟った。陰と陽、両方が宿っている。

似ていてもやはりどこか違う二つの魔力は綺麗に混ざることはない。それでも、お互いがお互いを引っ張り合い天秤のようにバランスが保たれている。

そして、影のしもべであるモゾは陰の魔力しか持たない。だから今までその魔力を感じ取れなかったのだ。

　そして、この部屋の中で魔法が使えないのは同じような原理だった。部屋の中は陰の魔力に包み込まれていた。人間の使う陽の魔力はこの場所では陰の魔力にかき消されてしまう。そのせいで魔法が発動しない。

　レオンの指示で表に出てきたモゾはレオンの身体を駆け上り、腕についた鎖の元まで行く。そして、鎖にしがみつくと大きく口を開けて鎖をバリバリと食べ始めた。

　陰の魔力に干渉できるのは陰の魔力だけ。それが魔法の法則だった。ならば、その法則の通りに陰の魔法であるモゾを使えばいいというわけだ。

「これは一体……」

　ミハイルは呆然と呟いた。

　モゾはレオンを鎖から解き放つと、同じようにクエンティンとミハイルの鎖も食いちぎる。解放された二人は突然現れたモゾとその行動を見て困惑している様子だ。

「説明はあとでします。今は、他の人たちを助けに行きましょう」

　レオンはそう言うとすぐさま部屋を出ていく。二人は状況についていけなかったが、レオンを一人にはしておけずあとを追うのだった。

レオンを先頭に三人は廊下を駆け抜ける。叫び声の聞こえた距離からして、捕まった人たちが連れていかれたところはそう遠くない。

窓一つない圧迫感のある廊下を進むと部屋が一つあったが、既にそこには誰もいなかった。

「人がいた痕跡はある。恐らく一度ここに連れてこられて、またどこかに移動したな」

部屋の中を調べてミハイルが言う。ミハイルたちに使われていたのと同じ鎖が落ちている。数を数えると捕まっていた人数と一致した。

「まずいね、あの男の悪魔がまた戻ってきたら逃げ出したのがバレる」

一人連れていかれてから悪魔が戻ってくるまでの時間を毎回数えていたクエンティンは、そろそろ悪魔が戻ってくる頃合いだとわかっていた。

「二人ともついてきてください」

レオンは部屋を出ると来た道を少し戻り、壁の前に立った。そして壁に手をつき、何やら呪文のようなものを唱える。

すると壁が動き出し、隠された通路が現れた。通路の先には上に続く階段があった。

「ここから上がれます。行きましょう」

ミハイルとクエンティンは「何故そんなに詳しいのか」と疑問に思ったが、先導するレオンは質問する間を与えず先に進んでいく。仕方なく、二人もあとを追った。

階段を上ると、先程の廊下よりも広く豪華な廊下にたどり着く。渡り廊下のようになっているその場所は外の景色がよく見えた。

「何だ、ここは……」

自分たちのいる場所を確認しようと外を見たミハイルが声を詰まらせる。驚いたのはクエンティンも同じだった。

建物は大きな城のようで、王宮とは違い二人が見たこともないような場所だった。そして、何よりも異質なのは空が赤いということ。

夕陽が差し込んでいるわけではない。空全体が異様な赤色に染まっていた。

「やっぱり……」

その様子を見てレオンは自分の予想が当たっていたと確信する。エレノアの魂を受け継いだレオンは同時に彼の記憶も受け継いでいた。

エレノアが今まで見てきたものの全てが知識として蓄積されている。囚われていた部屋もこの廊下もミハイルやクエンティンにとっては未知の素材でできていたが、レオンは知っていた。

陰の魔力に満たされた空間、そして人間界では見たことのない材質。

ア・シュドラの転移魔法によってレオンたちが連れてこられた場所は、魔界だったのだ。

「行きましょう。この先に多分囚われていた人たちがいます」

レオンはさらに先に進もうとするが、ミハイルが立ち止まる。

「すまない、俺はこれでも魔法騎士団の人間だ。国王や王子の救出を優先しなければならない……お前ならどこに捕まっているかわかっているんじゃないか？」

救出できる可能性が出てきた今、ミハイルは王を守る魔法騎士団の役割を優先しなければならない。

どういう理屈かはわからないが、レオンはこの場所に詳しいらしい。ミハイルは彼に国王たちの居場所を教えてもらおうと思ったのだ。

「国王や王子、それにあの牢屋にいなかった人たちは多分ここにはいません。王宮か、そうでなければ王都のどこかにいるはずです」

レオンたちのように魔界に連れてこられた人間とそうではない人間。その違いをレオンは悪魔が身体を乗っ取れる人間かどうかだと考えていた。

悪魔が乗っ取れる人間は身体の中に陰の魔力に対する耐性のようなものを持っており、魔界に連れてこられても死なないのではないか。

この推測が正しいと仮定するなら、連れてこられなかった人たちはその耐性がない。

もし魔界に来ていれば人間界に行った悪魔と同じように存在を保てなくなり、死んでしまったはずだ。

しかし、レオンはここにいない人間たちが魔界で死んだ可能性を隠し、連れてこられていないとミハイルに説明した。

そうであってほしいと思ったたし、真実を詳しく話す時間はなかったからだ。

国王たちがここにはいないと言われて、ミハイルは引き続きレオンたちについていくことを決めた。

三人は城の中を進み、連れていかれた人を再び捜す。

レオンを先頭に目指しているのは、最上階だった。

その途中で三人は悪魔を一人見つけた。部屋にやってきた男の悪魔でもア・シュドラでもない、別の女の悪魔だ。

魔界が消えると知ってから悪魔たちはそれに備えて人間の体を乗っ取り続けている。先の男の悪魔もそうだが、魔界の悪魔は既にそのほとんどが人間の体を手に入れていた。

女の悪魔の見た目はア・シュドラよりも幼く、赤い髪を長く伸ばしている。三人は見つからないように建物の陰に隠れる。女の悪魔は何かを探しているようだった。

「恐らく、俺たちが逃げ出したことがバレたな」

その様子を見てミハイルが言う。囚われていた部屋に男が戻ってきて、もぬけの殻になっていることに気づいたのだろう。

女の悪魔は廊下の奥から一つずつ部屋の扉を開けて探している。

まだレオンたちと距離はあるが、このままではいずれ見つかってしまう。

「どうする？　戦っても勝てるかどうかわからないぞ」

悪魔の強さを知るミハイルは少し焦っていた。正面からまともに戦えば三対一でも勝てる可能性は低いと思っているからだ。

しかし、レオンは勝てると思った。そして、どう戦えばいいのかもわかっていた。

エレノアはこういう時のために、人間の体を乗っ取った悪魔と戦う方法まで研究していたのだ。

人間は殺さず、悪魔の魂をその身体から抜き取る方法はレオンの記憶にしっかりと残っている。

レオンを人間界に送り出したあと、エレノアはそれをずっと調べていた。そして、悪魔の魂は陰の魔力と繋がっており、その源になっていると突き止めた。

それはつまり、身体の中から陰の魔力を抜き出せれば悪魔の魂も一緒についてくるということ。

エレノアはその方法までしっかりと調べ、レオンに記憶として残してくれていた。

影のしもべであるモゾを使い、悪魔の陰の魔力を掴んだらその魔力を思いきり引っ張り上げればいいという単純な方法だ。

だが、実際悪魔を目の前にしてレオンは迷っていた。陰の魔力を抜き出せば身体を乗っ取られた人間は助かるだろう。しかし、悪魔はどうなるのだろうか。

エレノアに見せられた過去では、悪魔は人間界で存在を保てず、塵のようになって消えてしまった。

恐らく、身体から抜き取られた魂も同じように消えてしまうだろうとレオンは考えた。

人間の身体を乗っ取る時に悪魔は元の自分の身体を捨てている。

魂だけで存在できるとはさすがに思えなかった。

レオンが迷っている理由はそこだった。人間を助けるために悪魔を消す。それは今、悪魔がしようとしていることと同じではないのか。

魔界が滅ぶから代わりに人間の身体を乗っ取り、人間を滅ぼしてしまおうと恐ろしい計画を始めたのは悪魔だ。

それ自体は許せない、阻止しなくてはと思っている。

その反面、同じやり方を取ることに躊躇してしまう。成長し、エレノアの魂を受け継いでもレオンはまだ子供なのだ。

人格があり、性質的には人間と変わらない悪魔を殺すという重い決断ができずにいた。

もし、レオンの身体にエレノアの魂が入った時に残ったのがエレノアの意識だったならば、彼は躊躇なく悪魔を殺していただろう。

それが長い間悪魔を止めようとしていたエレノアの責任だからだ。しかし、彼はレオンに意識を譲った。

レオンならば必ず悪魔を止めてくれると信じていたから。悪魔を殺す覚悟ができないレオンを見たらエレノアは落胆するのだろうか。

その答えは否だとレオンは結論づけた。レオンが迷うことをエレノアは予見していたはずである。優しく、賢く、気高く成長したレオンにきっと人は殺せないとわかっていた。

だからこそ信じたのだ。レオンならば自分とは違う道を行ってくれるはずだと。

レオンたちを探す女の悪魔は部屋を一つずつ調べ続け、段々と三人に近づいている。逃げるにしろ、戦うにしろ気付かれる前に行動しなければならない。

レオンが迷っていられる時間はあまりに短く、決断の時は刻一刻と迫っていた。

逃げ出すのだとしたら、レオンたちは完全に一足遅かった。ミハイルとクエンティンはすぐにでも引き返せる体勢をとっていたが、迷っていたレオンは動けなかったのだ。

今さら逃げ出しても、必ず見つかってしまうだろう。女の悪魔はレオンたちが隠れた柱のすぐ目の前の部屋を捜索している。

もはや残された手段は戦うことのみ。エレノアの見つけ出した悪魔の魂を抜き取る方法は不意打ちでこそ真価を発揮する。

身体を乗っ取った悪魔たちは、まさか自分たちの魂を抜き取る方法があるなど想像していないいため、隙があるのだ。

その隙を利用して、悪魔たちに何が起こっているのか理解する時間を与えないまま、陰の魔力を抜き取ってしまうことが一番効果的だった。

もし、魔力を抜き取ろうとしていることが知られてしまえば、当然相手も抵抗するだろう。

そうなればあとは力勝負になってしまう。それでもレオンは負けるとは思っていなかったが、体力は温存しておきたかった。

「どこ行った？　人間のやつ……ダルブのせいで私までシュドラ様に怒られてしまうだろうが」

女の悪魔はイライラとした様子で悪態をつく。探し方も乱暴で、部屋にあるものを手当たり次第にひっくり返している。

自分が攻撃されるなどと、全く思っていない油断だらけの動きだった。

「モゾ、頼む」

その油断をレオンは見逃さない。悪魔がレオンたちに背を向けたタイミングを見計らい、モゾに命じる。

モゾはレオンの意志を汲み取り、猫の姿から形を変える。黒い影が長く、鋭く棒状に伸びた。

影の槍と化したモゾをレオンが掴み、柱から飛び出て悪魔めがけて力一杯に投げる。

「……何だぁ？」

背中に影の槍が刺さり、胸を貫く。悪魔は驚いた様子で振り返るが、柱の側に立つレオンたちを見てニヤリと笑う。

「そこにいたかぁ、器共。こんなもんで私を殺せると思ったのか？」

女の悪魔はその子供っぽい見た目とは裏腹に荒々しい言葉遣いで言う。

レオンたちのことを完全に舐めているのか、他の悪魔を呼ぶ気配はない。レオンが悪魔に突き刺した影の槍はそれ自体に大した威力はない。

陰の魔力で構築された影は陽の魔力を持つ人間の身体には害を与えられないのだ。しかし、影の槍の持つ魔力はレオンの持つ陰の魔力と繋がっている。

「さぁ、大人しく身体を渡しやがれ」

悪魔がレオンたちに近づこうとするが、その前にレオンは行動を起こした。

悪魔の身体に突き刺さった影の槍を繋がった自分の魔力で抜き去ったのだ。紐（ひも）で引っ張られるように抜けた槍の先には黒い塊がついていた。

それは、まるで心臓のようにどくどくと脈打っている。

「アア……テメェ……何しやがっ……た」

黒い塊を抜き取られた悪魔はその場に倒れる。この塊こそ悪魔の魂であり、陰の魔力の源だった。

「何だ、それは……倒したのか？」

影の槍に刺さった塊をレオンが拾い上げるのを見て、ミハイルが尋ねた。

ミハイルもクエンティンも先程から起こることに頭が追いつかないが、今回はさらに理解するのが難しい。ただレオンの行動を見ていることしかできなかった。

レオンの持つ黒い塊は抜き取られてもなお脈打っている。拾い上げたその両手から脈がレオンに伝わる。

段々と弱くなっていた。このまま放っておけば、脈はさらに弱まりそのうち止まる。そしてそれは悪魔の死を意味する。

「ごめんね。考えたけど、今はこうするしか方法がない」

黒い塊にレオンは謝罪する。レオンは悪魔を殺すことを覚悟したわけではない。両手に持った塊にレオンは口を近づけた。

「レオン、何を……」

その行動に疑問を持ったクエンティンが声を上げるが、レオンは止まらない。

黒い塊はレオンの口に触れ、まるで吸い込まれるように消えていく。レオンが呑み込んだのだ。

「おい、大丈夫なのか？　何をした……説明しろ。レオン！」

ミハイルがレオンの肩を掴み、身体を揺さぶる。何が起こっているのかはわからないが、それが異常な行動なのは一目瞭然(いちもくりょうぜん)だった。

レオンは放っておけば死にゆく悪魔の魂を己の身体の中に取り込み、救ったのだ。

魂が持つ悪魔の意識はレオンの精神力とエレノアの魂の力で無理やりおさえ込んでいるため、乗っ取られたわけではない。

しかし、一人二人ならばいざ知らず、もっと多くの悪魔の魂を複数おさえ込むことは困難である。

悪魔を殺すことができないレオンの苦肉の策。それが決断するまでの時間稼ぎにしかならないとわかっていながらも、今のレオンにできる精一杯の解決策だった。

レオンは倒れている人の脈拍と呼吸を確認する。先程まで悪魔に身体を乗っ取られていた人だ。

脈拍が少し速いが、呼吸は正常で命に別状はなさそうだった。

「つまり、あの黒い塊は悪魔の魂だというわけだな？」

悪魔を一人無力化し、落ち着きたかったのか、レオンはミハイルとクエンティンに事情を説明する時間を作った。

全てを説明したわけではない。悪魔の目的と、たった今、自分が行ったことについてだけだ。

自分の中にファ・ラエイルの魂が入っていることは話さなかった。隠しているわけではないが、それを説明するとなると話はより複雑になり、時間もかかる。

さすがにそこまで悠長にしていられない。

「それで、その魂を呑んで君は大丈夫なのかい？」

クエンティンの質問にレオンは無意識に自分の胸に手をやった。

先程の悪魔の魂は確かに感じる。

エレノアの魂とは違い、レオンの身体に抵抗して反発している。しかし、ファ族の魂を使って作られたレオンの身体が強靭だからか、身体を乗っ取られるような気配は微塵もない。

クエンティンの質問にレオンは無言で頷く。今はまだ大丈夫だろうが、この先何人まで魂を呑み込めるのかはわからない。そのことは二人には黙っておいた。

「この人はもう人間に戻りました。二人はここでこの人の様子を見ながら隠れていてください」

レオンは悪魔が捜索して荒らしていった部屋の一つに倒れた人を運ぶと、そう言った。

「僕は上に向かい、他の人たちを元に戻して帰る方法も探してきます」

部屋を出ていこうとするレオンをミハイルが止める。

「待て、レオン。いくらなんでも一人では無謀だ。俺たちもついていく」

しかし、レオンは首を横に振る。悪魔の魔力を引っ張り魂を抜き出す先程の技は、陰の魔力を持つレオンにしか使えない。

ただ、陰の魔力に耐性があるだけの二人では悪魔に太刀打ちできないのだ。

「すみません。言いにくいですけど、お二人は足手まといです」

普段のレオンとは違い、遠慮のないその言葉にミハイルもクエンティンも何も言えなかった。

実際、さっきの悪魔はレオンが一人で倒してしまった。ただ見ていただけの二人には言い返す言葉がなかった。

黙り込んだ二人を見てレオンはそのまま部屋を出ていく。

魔界に連れてこられた人たちもレオンたち以外はもう悪魔に変えられてしまっただろう。

ア・シュドラが今どこにいるのかはわからないが、レオンに執着しているなら、魔界にいる可能性が高い。しかし、彼女はいつ人間界に戻ってもおかしくない。

そうなれば、人間界で避難している多くの人々も、いつまで無事でいられるのか。

レオンが急ぐ理由はそのためだった。

最上階に向かう階段の前には魔獣と思われる生物が二体いた。牛の頭をしたその怪物は大きな斧（おの）を持って立ち塞がっている。

レオンに気づいたのか雄叫（おたけ）びを上げる。レオンは怯まなかった。

魔獣は一見すると普通の生き物のようだが、その正体はただの魔力の塊で、殺しても死体は残らず魔力が散っていくだけである。その魔獣を殺すのに躊躇はない。

「モゾ！」

そう叫ぶと、モゾはレオンの意志が伝わったように変化する。身体を二分し、影の槍のように形状が変わる。そして、二本の剣になった。

影の剣を牛頭の魔獣に向けて投げる。

それぞれの頭に一本ずつ突き刺さり、魔獣が悲鳴を上げた。

人間の身体を乗っ取った悪魔と違い、この魔獣は陰の魔力で作られている。当然陰の魔力の攻撃でダメージを受けるのだ。

レオンは飛び上がり、牛たちに刺さった剣の柄を掴むと重力を利用して剣を振り下ろす。

二体の魔獣は見事に両断され、声を上げる間もなく倒れる。

「よし、行こうモゾ」

剣から元の姿に戻ったモゾがレオンの肩に載る。二人はまるで一心同体のように意思の疎通ができていた。

王都での戦いで芽吹いたレオンの戦闘の才能が、エレノアとの融合とモゾの出現によって完全に開花したのである。

門番の魔獣を倒した先には上に続く長い階段があった。レオンはその階段を駆け上る。

階段の一番上には大きな扉があり、扉の奥からは大きな陰の魔力が複数感じられる。

最上階への道を守っていた魔獣を殺した時点で、上にいる悪魔たちもさすがにレオンの存在に気づいただろう。

隠密行動はもう意味がない。扉の前まで走ったレオンは立ち止まることなく扉を蹴破る。

錠がしてあったのか、ガギンと金属音がして扉は勢いよく開いた。

レオンは膝をついて着地する。

顔を上げると、こちらをじっと見つめる悪魔たちと目が合った。

恐れなのか、戸惑いなのか、レオンを見る悪魔たちは妙なものを見るような目をしていた。色々な服装の悪魔が五人と、黒のコートを着た男が一人。

そして彼らの真ん中にはア・シュドラがいた。五人の悪魔は事前にミハイルに聞いていた、レオンたちと同じ部屋に捕まっていた人間の特徴と一致する。

間違いなくレオンたちと同じように連れてこられた人間たちだろう。コートの男にレオンは見覚えがなかったが、部屋から人間を連れ出していた悪魔だろうと推測できた。

沈黙を破り、ア・シュドラが口を開いた。

「私の可愛い子供たちを殺したのは貴様か。同族の遺産め、大人しく捕まっていれば良いものを」

ア・シュドラは怒りを露わにしてそう言った。「同族の遺産」という言葉の意味を今のレオンならば理解できる。

同じ悪魔のファ・ラエイルが残した存在だと、そう言っているのだ。エレノアが戦いの直前まで隠しておきたいと思ったレオンの存在は、既にア族にバレてしまっているらしい。

だが今のレオンにとって、それはもう大きな問題ではなかった。

「我らと同じような匂いがするが、行動を見れば間違いなく敵。さて、どうしたものか」

悩んでいるような風を装っているが、ア・シュドラはニタニタと邪悪な笑みを浮かべている。茶番だ。

ア・シュドラの思惑通りにコートの男が前へ出て、名乗りをあげる。

「シュドラ様。人間を逃したのは私のミスです。どうか私にあの小僧の始末をつけさせてください」

コートの男が名乗り出たことでア・シュドラは満足げな表情になった。

「そうだな、ダルブよ。お前のその責任感と忠誠心には本当に感心する。しかし、気をつけよ。やつは我らが主人の器となるのだ。多少傷つける分には構わんが、殺してはならんぞ」

ア・シュドラの許可を得て、ダルブと呼ばれた悪魔がさらに進み出る。

「小僧、この私に恥をかかせた罪は重いぞ。貴様らは大事な器だから殺しはしない。しかし、死にたくなるほどなぶってやる。残りの二人も必ず見つけ出して同じ目にあわせる」

ダルブは整った顔立ちで醜く笑う。口からは涎が垂れそうなほどだ。

その様子を見てレオンはホッとしていた。一度に全員でかかってこず、目の前に立つダルブもすぐに攻撃しようとしない。悪魔全員がレオンのことを舐めてくれている。

悪魔の魂を抜き取るには不意打ちが一番効果的なのだ。警戒される前に全員の陰の魔力を抜き取ってしまいたいというのがレオンの本音である。

「モゾ、あいつらに状況を掴ませないように目眩まししたい。できる？」

ダルブに聞こえないようにレオンが囁く。肩の上でモゾが頷くのがわかった。

「何をごちゃごちゃ言っている。命乞いか？　ならば聞こえるように言え！」

そう叫んだダルブがレオンに向けて突っ込んでくる。握りしめた拳に魔力がたまっているのがわかる。ダルブは遠距離よりも近距離での魔法を得意とする悪魔だった。

そしてそれはレオンにとって都合がいい。突き出されたダルブの右の拳をレオンは両手で受け止めた。手の中にはモゾがいる。

ボフンと音を立ててモゾが弾けた。槍や剣に変わった時と同じように変化したのだ。

ただ、それは傍目から見るとただの煙だった。黒い煙がレオンとダルブを包み込む。

「何だ、これは……」

ダルブが声を上げるが、ア・シュドラや他の悪魔たちにはレオンたちの姿は見えない。

黒い煙の中を見つめるア・シュドラの顔には、既に先程までの余裕の笑みはなくなっていた。

煙が晴れてモゾが元の姿に戻る。レオンの横には倒れ伏したダルブの姿があった。

それを見てア・シュドラは激昂する。

「おのれ、貴様何をした！」

レオンがダルブから陰の魔力を抜き取るところは、モゾの作り出した黒煙のおかげでア・シュドラたちには見られていない。

しかし、息をつく間もなくダルブがやられたことで悪魔たちに油断はなくなった。

「お前たち、全員でそいつを捕らえよ。ダルブに何をしたか吐かせるのだ！」

ア・シュドラの号令で五人の悪魔が同時にレオンに襲いかかる。まず、近接を得意とする悪魔が二人、レオンに突撃し、残りの三人が後方で遠距離魔法を唱え始めた。

レオンはもう一度黒煙を出して目眩ましするか迷い、やめた。相手は悪魔だ。同じ手は二度と通用しないと思った方がいい。

五人に自分の陰の魔力を結びつけ、一気に抜き取ることに決めた。仮にそれでア・シュドラにレオンのやっていることを見抜かれたとしても、一対一であれば勝算はある。

モゾを二本の剣に変えると、レオンは突撃してきた二人に斬りかかる。接近戦を得意としているだけあって二人の悪魔はそれを軽々と避けるが、その二人の攻撃もレオンが剣で受け流す。

影の剣が悪魔に刺されば、陰の魔力を抜き取ることは容易だ。問題はどうやって影の剣を当てるか。レオンは二人の悪魔と切り結びながらタイミングを見計らう。

狙うは後方にいる三人の悪魔が魔法を撃つ瞬間。手の形、魔力のたまり具合を見て頃合いを見定める。

剣での戦いに集中しながら、視野を広く保つのは至難(しなん)の業(わざ)だった。しかし、レオンは上手く見極める。

ここだ、と動き出したタイミングで後方にいた三人の悪魔が魔法を放った。放たれた魔力の弾は真っ直ぐにレオンめがけて飛んでくる。

レオンと戦っていた二人の悪魔は魔法の巻き添えにならないように左右に飛ぶ。レオンが待っていたのは前衛二人の攻撃がやむこのタイミングだった。

剣の形になっていたモゾを短剣の形に変える。モゾには質量があり、自分の質量以上に大きなものには姿を変えられないという特徴がある。

槍ならば一本が限界で、剣ならば二本。そして短剣の大きさだと三本分になる。

レオンはその三本の短剣を後方で魔法を撃ったばかりの悪魔に向けて投げつける。短剣は真っ直ぐに向かってくる魔力の弾の下をくぐる。

自分たちの放った魔力の弾で死角になっていたせいで、悪魔たちはその短剣を避けることができなかった。

悪魔たちの足や腹に刺さった短剣には、レオンの腕から伸びるロープのような陰の魔力がくっついている。悪魔たちの身体の中の魔力が影の短剣を通してレオンの魔力と繋がった。

だが、魔力の弾はレオンの目の前まで迫る。

短剣を確実に当てるためにギリギリまで粘った結果、レオンによける余裕は残っていなかった。

魔力の弾がレオンにぶつかり、その身体を大きく後ろへ吹き飛ばす。しかし、これもレオンの計算の上だった。

身体が吹き飛ばされたことにより、レオンの手から伸びる魔力のロープは引っ張られる。

そして、ロープの先で繋がった三人の悪魔の魔力を引っこ抜いた。敵の魔法を上手く利用したのである。

魔力を抜かれた悪魔たちはその場に両膝をつき、ばたりと前に倒れた。その身体の前には脈打つ黒い塊が落ちる。

吹き飛ばされたあと、レオンはすぐに立ち上がり、残った二人の悪魔めがけて突っ込む。

魔力の弾のダメージがないわけではないが、突然仲間がやられて混乱し、悪魔に隙ができたチャンスを逃したくなかった。

右手が火傷をしたように痛む。レオンはその手で魔力のロープを引っ張る。ロープの先についていた影の短剣が引っ張られ、手元に戻った。モゾは再び形を変えて短剣から槍に。

レオンは自分から見て右側にいた悪魔に走り寄ると、影の槍をその悪魔めがけて突き出した。

だが、その槍は目の前の悪魔の身体には刺さらなかった。レオンと悪魔の間を遮るように魔力の壁が現れたのだ。

その壁を出現させた人物をレオンは睨みつける。ア・シュドラだ。彼女もまた忌々しそうにレオンを睨みつけていた。

「貴様、見たぞ。我が同族の魂を抜いたな？」

ア・シュドラはレオンを指差し、声を荒らげる。

一瞬の出来事だったが、レオンが何をしているか見抜いたらしい。その身体は怒りでわなわなと震えている。怒りの矛先はもちろんレオンだ。しかし、それだけではなかった。

「まさか、そんな方法があるとは……これでは、あの方に身体を用意することができぬ」

それは最善と思えた身体を乗っ取る行為が完全ではなかったことに対する怒りだった。

人間の身体を乗っ取る計画をア・ドルマが伝えた時、ア族の誰もがそれを喜んだ。確実に迫る魔界の消滅という恐怖から逃れられる時が来たと誰もが思ったのだ。

そして、長い年月をかけて、ア族の幹部であるア・シュドラの持つ魔力に耐えられる人間の身体が見つかった。

それを皮切りに本格的に計画を進行し始めたのだ。ア・シュドラの指揮のもと続々と器となる人間を集め、計画は順調に進んだ。あとは族長であるア・ドルマの器に相応しい人間がいれば計画はほぼ完成する。悪魔の誰しもが消滅の恐怖を忘れ始めていた。

しかし、その恐怖はまだ終わってはいなかったのである。たった一人の異分子、レオンによって簡単に身体から魂を抜かれてしまうことがわかった。

抜かれた魂がいずれ消失することをア・シュドラはすぐに理解した。魂が身体に完全に定着していない。だからこそこんなにも容易く魂が抜かれてしまう。

完全に誤算だった。このままでは、たとえア・ドルマの魔力に耐えられる人間の器を見つけても意味がない。もし仮にア・ドルマの魂が抜かれ、消滅すれば、ア族は絶大なる力を持つ指導者を失うことになってしまう。

そんなリスクを冒せるはずはなかった。

ア・シュドラの様子を見て、残った二人の悪魔にも動揺が生まれる。消滅の恐怖が身体をこわばらせ、動きを固くする。

その隙をレオンが見逃すはずはなく、二本の剣に変化したモゾを二人に突き刺した。

抵抗すればレオンも簡単には魂を抜き取れなかっただろう。しかし、影の剣が身体に刺さった悪魔たちは先程の仲間の姿を思い出し、自分も魂を抜き取られるという恐怖に怯えた。

闘争心を失い、逃げようとしてしまったのである。

その結果、二人の悪魔の魂は容易に抜かれた。

「ぐっ……貴様ぁ。ふざけるな……我々の数百年にも及ぶ野望を貴様のような小僧に絶やされてたまるか！」

ア・シュドラは激昂し、両手に魔力をため、特大の魔力の弾を作り出す。部屋いっぱいに広がる魔力の弾は大きく膨れ上がり、爆発した。

爆風がレオンを襲う。モゾが大きな傘のように変化してレオンの身を包んだ。

爆発により城の外壁が壊れる。

やがて風はおさまり、モゾは元の姿に戻った。

そこには既にア・シュドラの姿はなかった。壊れた外壁から外に逃げたのだろう。怒りに身を任せるフリをしてレオンから逃げる隙を作る。

ア族の幹部だけあり、冷静な判断だった。

レオンはア・シュドラを追うしかない。魔界から王都のある人間界に帰るためにはア・シュドラの使っていた他者を移動させる謎の魔法が必要なのだ。

捕らえて本人に使わせるか、その魔法を覚えなければ、レオンたちはこの世界から抜け出せず王都の救援にも向かえない。

倒した悪魔たちの魂を自分の中に取り込むと、レオンはすぐさまあとを追った。

悪魔の魂を次々と取り込んだレオンの身体には、ある変化が起きていた。

既にエレノアとは別に七体の悪魔の魂を取り込んでいたレオンだったが、不思議と余裕があった。

ファ族の魂で作られた身体が強靭なのか、エレノアの信じたレオンの意思が強いのか、とにかく意識が他の悪魔たちに乗っ取られる様子はない。

身体の中の魂はレオンに新たな記憶をもたらす。エレノアとは違い、反発する魂からは記憶の断片しか取り出せないものの、それでもレオンにあらゆる知識を授ける。

悪魔同士の戦い方や陰の魔力の使い方。まるで数百年戦ってきた悪魔の戦士のような経験値をレオンに授けているのである。

その中の一つが、レオンが今使っている魔力の翼(つばさ)だった。陰の魔力で構成された黒い翼は羽ばたくと鳥のように空を飛べる。

しかも、「飛行」の魔法のように「浮く」「進む」といった魔法の重ねがけをしなくて良いのだ。黒い翼を出現させればあとはそれを身体の一部のように意識して動かせばいい。

「飛行」の重ねがけと攻撃魔法の同時使用は複雑で難解なため、多くの人間の魔法使いは空中戦を得意としない。

しかし、この方法ならば空中でも十分に戦える。

レオンは作り出した翼で羽ばたき、ア・シュドラのあとを追った。

一度逃げ出したア・シュドラはレオンを待ち構えるように空中で静止していた。ア・シュドラが欲しかったのは時間である。

悪魔の魂を抜くという規格外の行動を取るレオンに対策するための時間。そして、その対策はすぐに見つかった。

「なるほど……よくよく魔力を探ってみれば、確かにお前の中に悪魔の魂を感じる。ファ族の裏切り者か、やってくれる」

先程と違い、落ち着き払った様子のア・シュドラは冷静にレオンの魔力を探り、そして、その中にファ・ラエイルの魂があることを感じ取った。

それだけでなく、部下であるア・ドリスやア・ダルブ、他の五人の悪魔の魂も感じる。

ファ・ラエイルを含めると合計で八人もの魂を取り込んでいるレオンに、ア・シュドラは初めは動揺したが、同時に自分にとって都合のいい状況だと気づきニヤリと笑った。

「貴様の取り込んだ魂……なるほど、確かにファ族の魂は十分に定着しているようだ。人間を乗っ取っている我らとの大きな違いはわからぬ。お前を捕らえ、その身体を調べれば謎も解けよう」

空中に止まるア・シュドラは話を続けるが、レオンにはそのつもりはない。一刻も早く王都に戻り、避難した人々を助けなければならないのだ。

モゾが変化した影の剣のうちの一本をア・シュドラめがけて投げつける。ア・シュドラがそれをかわした瞬間に、もう一本の剣で直接切りつけるつもりだった。

しかし、レオンの投げた一本目の剣をア・シュドラはかわさなかった。剣が刺さったア・シュドラの陰の魔力とレオンの魔力が繋がる。

剣をよけなかった理由はわからないが、やることは変わらない。魔力を引っ張り、ア・シュドラの魂を引きずり出せばレオンの勝利だ。

レオンは自分の魔力でできたロープを引っ張る。だが、ア・シュドラの魔力は簡単には抜き取れない。

「貴様の中の我が同胞の魂、それはファ族のものとはわけが違うぞ。そやつらはお前に反発している。さすがはア族の精鋭たちだ。魂だけになってもまだ一族への忠誠心を失っていない！」

ア・シュドラの目的はレオンと同じだった。レオンの身体から陰の魔力を引きずり出し、ファ・ラエイルの魂を抜き取ろうとしたのだ。

だからこそ、レオンの魔力と繋がるために影の剣を受け入れた。

もし、ア・シュドラとレオンの一対一の勝負だったならば、ア・シュドラに勝ち目はなかっただろう。

人間の身体を無理やり乗っ取った彼女とは違い、レオンの身体の中にある魂はレオンとエレノア、二人の意思が統一されて取り込まれたものだ。魂の定着率が違う。

しかし、レオンの中には身体に定着せず、今もなお反発する七人の悪魔の魂がある。

身体から出ようともがくその魂たちはア・シュドラが魔力を引っ張り出そうとしているのに気づ

き、加勢する。

悪魔八人とレオン一人の勝負。分が悪いのはレオンの方だった。

だが、圧倒的な人数不利がありながらも、レオンは耐えていた。

彼の肉体はファ族数百人の魂をもとに作られている。エレノアの魂もレオンの中に定着し、共にある。

レオンはエレノアの魂を奪われまいとするだけでなく、取り込んだ七人の魂を手放さぬように必死だった。

もしこの七人の魂が奪われれば、再び人の体を乗っ取り、人間界を支配しようとするだろう。

そうなれば、打つ手がなくなる。影を抜き取る方法を知られた以上、同じ手は通用しない。

そうならないように必死で耐えているのだ。あと一つ、何かア・シュドラの気を散らせるものがあればこの状況を打破できると、レオンは考えていた。

自分の魔力を維持するのに精一杯で、他の攻撃魔法を撃つ余裕はない。

二つに分かれたモゾの影の剣が一本手元にあるが、それを持ってア・シュドラに近づくこともできない。

投げつけても軽々とよけられ、気を散らすまではいかないだろう。

「中々粘るな、忌々しいファ族の遺産め」

魔力を引っ張るア・シュドラの力が強くなる。七人の悪魔の魂が少しだけレオンの身体を離れ、若干の自由を手にしたことで力が強まったのだ。

このままでは負けるとレオンが思った時、ア・シュドラの身体を赤い何かが貫いた。

「グッ……ハ……」

ア・シュドラが悶え苦しむ。

レオンがその赤い何かが飛んできた方向を見ると、城の屋根の上にミハイルとクエンティンの姿があった。赤い何かはミハイルの放った「火の矢」の魔法だったのだ。

陽の魔力で作られたその魔法は、ア・シュドラの器となっているアイリーンの肉体にダメージを与えた。

ア・シュドラが怯んだ隙にレオンは魔力を抜き取ろうとするが、彼女はすぐに立て直し、自分の魔力を守る。肉体にダメージを与えても陰の魔力が弱まったわけではない。

より多くのダメージを与えれば魔力を抜き取れるかもしれないが、そうするとアイリーンが死んでしまう。

ミハイルもそれを理解しているため、それ以上迂闊に手を出すことができなかった。

レオンは片手に持っていたもう一本の影の剣をミハイルの前に投げる。

影の剣は屋根に刺さった。

「その剣を使ってください！　その剣ならア・シュドラの魔力に干渉できます！」

陰の魔力で作られた影の剣はア・シュドラの魔力に触れられる。魔力を切ったところで大したダメージはないが、一瞬でも彼女の集中をかき乱せるだろう。

その一瞬があれば、レオンは確実に魔力を抜き取る自信があった。

「おのれ、貴様らはただの器だ。この私の邪魔をするな！」

ア・シュドラはミハイルたちの前に一体の魔獣を作り出した。四本脚で屋根を掴み、長い舌とトカゲのような頭を持つ魔獣だ。

悪魔の中でも強い力を持つア・シュドラとはいえ、レオンとの魔力の引っ張り合いに力を割かれ、作り出せた魔獣は一体だけだった。

魔界で生まれる魔獣は陰の魔力で作られているため、ミハイルやクエンティンの魔法攻撃は効かないが、レオンの影の剣ならば攻撃できる。

ミハイルが剣を屋根から抜き取り、魔獣に向かって突き進む。

トカゲの魔獣はミハイルめがけて口から魔力の塊を吐き出した。レオンの戦いを見てミハイルは既に、悪魔たちの持つ魔力が人間の肉体に致命的なダメージを与えられないことを見抜いていた。

王都では乗っ取った人間の魔力を使っていたのだ。魔獣の放つ魔力の弾も食らったところで大したダメージはないはずだと予測し、その魔力の弾を避けずに正面から切り伏せる。

避けることに時間を使うよりも即座に目の前の魔獣を倒し、レオンの加勢をしなければという思いが強かったのだ。

しかし、ア・シュドラがこの状況でその程度の役に立たない魔獣を生み出すはずがなかった。確かに、生み出した魔獣はミハイルたちにダメージを与えられない。が、ア・シュドラの持つ特別な力を引き継いでいた。

ミハイルは魔力の弾を影の剣で二つに切り裂き、自分の進む道を作り出そうとした。その瞬間、彼の目の前で魔力の弾は弾け飛び、無数の泡のように風に乗って宙に舞う。

そして、それらがミハイルの身体にまとわりつき、彼の姿を消した。

カランと音を立てて、影の剣が屋根の上に落ちる。

トカゲの魔獣が有していたのはア・シュドラの「転移」という魔法だった。その魔法によりミハイルは人間界へ送り返されてしまったのだ。

「先輩！」

横目で一部始終を見ていたレオンが叫ぶ。その時にはもうクエンティンは走り出していた。

ミハイルの手から落ちた影の剣は屋根の上を滑り落ちていく。クエンティンは剣が落ちる寸前にそれを拾い上げた。

勢いそのままに彼は屋根の端を蹴って空中に飛んだ。さらに、空中を蹴ってア・シュドラめがけて突っ込む。

クエンティンが使ったのは「飛行」の魔法ではなかった。防御魔法にもなる透明な壁を作り出す魔法で空中に足場を作り、それを蹴って進んだのである。

その方が重ねがけを必要とする「飛行」よりも戦いに集中できる。

「全く、こんなことなら『魔法剣技』の授業を選択すればよかったよ！」

クエンティンはア・シュドラに向かうが、トカゲの魔獣はそれを許さない。

長い舌を伸ばしてくる。その舌に捕まればクエンティンも人間界に飛ばされてしまうだろう。

再度空中に壁を作り出して蹴り、クエンティンはその舌を避けた。

そして、懐から何かの袋を取り出すとその中身をトカゲの魔獣めがけてまき散らす。キラキラと輝く粉が宙に散る。鱗粉（りんぷん）のようなそれはゆっくりとトカゲの前に落ちていった。

「火精霊特製の発火性の粉だ。その威力は身をもって体験済み！」

クエンティンは自らがまき散らした粉めがけて火の魔法を飛ばす。火は空気中の粉をきっかけに、特大の爆発を生んだ。

爆発自体にトカゲの魔獣を倒す力はない。彼の目的は別にある。一つは目眩まし。爆発の光と立ちのぼる煙でトカゲの魔獣はクエンティンの位置を正確に掴めず、攻撃ができない。

そしてもう一つは爆風を利用することだった。宙に浮いたクエンティンの身体は爆風を受けて真上に飛び上がる。

その先にはア・シュドラがいた。爆風の勢いに身を任せながらクエンティンは器用に身体をくねらせ、向きを変える。

右手に持った影の剣をア・シュドラに突き立て、その身体を貫いた。

「な……貴様……」

突き刺した影の剣はア・シュドラの魔力を乱す。彼女の意識がクエンティンに向く。

クエンティンが自ら爆風のダメージを受けてまで作り出したチャンスを、レオンが見逃すはずがない。

ア・シュドラがクエンティンに気を取られ、魔力が僅かに乱れたその瞬間に、レオンは己の持つ全ての力を使って彼女の魔力を引っ張った。

「おのれ……忌々しきファ族の遺産よ……我が一族の悲願は終わらぬ。必ず達成してみせるぞ……」

ア・シュドラは魔力を完全に抜き取られるその瞬間に最後の言葉を残した。

黒い塊が身体から出てくる。魂を失った身体は宙に留まれず、重力に任せて落ちていく。

レオンは下降してアイリーンの身体を掴み、城の屋根に下り立った。クエンティンも「飛行」で同じ場所に下りてくる。

「これで終わった？　もういないよね？」

わざとらしく周囲を見渡してからクエンティンは屋根の上に座り込み、両手を上げて大きく伸びをした。その様子を見て苦笑しながら、レオンはア・シュドラの魂が抜け出たアイリーンの身体を確認する。

脈拍も呼吸もある。悪魔が乗り移ってからそれほど長い期間が経ったわけではなさそうだ。時間が経てばアイリーンの意識も戻るだろう。

「しかし君、本当に人間かい？　羽なんか生やしちゃってさ」

クエンティンがレオンの背中にある翼を指差して言う。魔力でできた翼は蝙蝠のそれに似ている。見た目で魔法だと判断するのが難しく、クエンティンにはレオンの身体の一部のように見えた。

魔力をおさめ、翼をしまうと、レオンはアイリーンの身体を抱きかかえた。

「他にも倒れている人が何人かいます。皆を集めて元の世界に戻りましょう」

最上階の部屋には、レオンが戦った六人の悪魔に身体を乗っ取られていた人たちがまだ倒れたままである。

レオンはアイリーンを最上階の部屋まで運ぶことにして、クエンティンはここに来る前に隠れていた部屋まで倒れた人を回収しに行く。

「あとは帰るだけだ……」

ア・シュドラの魔法で壊れた外壁から建物の中に入り、倒れている他の人たちの横にアイリーンの身体を並べる。

そして、来た道を戻り、ア・シュドラの魂を取り込みに行った。

黒い塊は宙に浮かんだままの状態で脈打っている。

レオンはその塊を両手で掴むと、城の最上階に戻ってから身体の中に取り込んだ。

「転移」の魔法を使えるのはア・シュドラだけだ。この世界から帰るにはどうしてもその能力が必要だった。

取り込んだ魂はレオンの中で強く反発する。他のどの悪魔よりもア・シュドラの反発は強い。

「ぐっ……ぐぅ……」

その反発を必死におさえ込もうとするレオン。身体の中には八人の反発する魂がある。

エレノアとは違い、レオンに適合しない魂たち。その全てを彼の力だけでおさえ込むのはもう限界だった。

しかし、気力を振り絞りレオンは耐えていた。せめて、他の人たちを人間界に帰すまでは悪魔たちを暴走させるわけにはいかない。

レオンの力が弱まるほどに悪魔たちの反発は強くなる。そして、それと同時に人間への恨みや消滅することへの恐怖といった感情も流れ込んでくる。

その全てに耐えかねてレオンが気を失いそうになった時、彼の身体の中で魂が強く輝き出す。エレノアの魂だった。

その魂はレオンの頭の中に様々な記憶を思い起こさせる。レオンを育ててくれた二人の親と可愛い弟。三人がレオンに笑いかけている。

学院での生活、マークやルイズたちとの出会いと日々。

今までレオンがその目で見て、肌で感じてきた全ての記憶だった。なんてことはない、ただの記憶。

それでもレオンの心は温かくなる。そして不思議なことに、心が温かくなると悪魔たちの反発が収まっていく。

あれほど強く反発していたア・シュドラの魂までもがおとなしくなる。それはレオンの身体に備わっているファ族の全員の魂がレオンの幸せな記憶に共鳴し、ア族の魂をおさえ込む力を与えた結果だった。

「僕は……まだ戦える」

大切な家族と友人たちが待つ世界に帰るために、レオンは再び立ち上がった。

悪魔の魂の反発をなんとかおさえ込んだレオンはクエンティンや他の人たちを連れて、人間界に転移することに成功した。

ア・シュドラの魂から得た記憶によれば、悪魔の中には特別な能力を有している個体がたまにいる。彼女の「転移」はその中の一つだった。

魂を取り込んだレオンはその能力の使い方を知り、使用できた。

その特別な力は他人に説明するのが難しく、レオンが他の誰かに説明してもその人が使えるようになる確率は低いだろう。

また、彼女の記憶は断片的なものしか得られず、目的こそわかったが、肝心のそのア・ドルマがどこにいるのかはわからなかった。

レオンがその記憶を掘り起こそうとしてもまるで映像に亀裂が入ったように、知ることができない。

とにかく、レオンの身体をア・ドルマの魂の入れものにしようというア・シュドラの野望は、ひとまず阻止できたと考えていいだろう。

王都に戻ったレオンとクエンティンは、いまだ気を失っているアイリーンたちを安全な場所に寝かせると、他の人たちを救出に向かった。

マークやルイズなど魔界に連れていかれなかったと思われる人たちを捜索する。

王都内を捜索して囚われた人たちを見つけ出すつもりだった。しかし、レオンたちが救出するまでもなく人々は解放されていた。

「二人とも無事だったか」

レオンたちが囚われている人たちを見つけた時、駆け寄ってきたのは魔獣によって先に転移させられたミハイルだった。

魔獣と戦った時、ミハイルは気がつくと王宮の前に立っていた。

転移させられたのだとすぐに気づいた彼はなんとか戻ろうとしたのだが、その方法が見つからなかった。

そこで彼は一足先に囚われている人たちを救うことにしたのだ。レオンたちならば必ず悪魔に打ち勝つと信じて。

「お前たちが戻ってきたってことは勝ったんだな？」

そう尋ねるミハイルにレオンは頷いた。

解放され、ホッとしている様子の人たちの中にマークやルイズといった友人の姿も見つけた。皆無事のようだ。

こちらに気がついたマークが駆け寄ってくる。他の皆もマークのあとを追うようにレオンの元へやってきた。

「レオン！　ミハイル先生に聞いたぜ。お前、悪魔と戦ったんだってな！」

先頭を走るマークがレオンに飛びつく。感極まった彼はレオンを力強く抱きしめて喜びの声を上げた。

「お前すげぇよ。王都の精鋭たちでも勝てなかったのに……すげぇ、すげぇよ」

マークの声が鼻をすする音と共にくぐもる。レオンの活躍を喜ぶ反面、何もできなかったという思いが彼にはあった。

悔しさと喜びと安心感がぐちゃぐちゃに混ざり合って涙となる。

泣いている本人も何故泣いているのかわかってなさそうだ。

力強く抱きつくマークにレオンは、

「痛いよ、マーク」

と苦笑しながらも優しく抱き返した。

無事でよかったというお互いの思いは同じだったようだ。レオンに宥められながら泣くマークの姿を見てルイズたちは笑っていた。

空中にあった裂け目は悪魔たちが消えたことによりなくなり、魔獣たちも残っていたものはほとんど討伐されている。

全てが終わる頃、空は白み始めていて王都に眩しい光が差し込んでいた。

時間にしてみればそう長くはない戦闘だった。しかし、レオンたちにとってはとても長い一日が終わったのである。

戦いが終わっても王都の有り様は酷いものだ。
建物は倒壊し、道もまともに歩けない。
しばらくは復興のための作業が続くだろう。
だが今この時だけは、レオンは空を見上げて少しばかりの休息を取るのだった。

エピローグ

Botsuraku shita kizokuke ni hirowareta node
ongaeshide hukkou sasemasu

悪魔たちによる王都の襲撃から三日が経った。レオンは魔法学院にある自分の寮を出て学院内を移動中だ。

休校日の朝だというのに学院内はいつもより慌ただしい。悪魔や魔獣によって壊された建物を学院の生徒たちが魔法で修繕しているのだ。

二年生が行っていた魔法演習試験は悪魔の襲撃により中止せざるを得なくなった。

毎年行われている成績の発表は延期になり、学年末に行われるテストの内容がさらに厳しくなると生徒たちは予想していた。

しかし、二日前に学院長から出された掲示で状況が変わった。

——学院内、また王都の復興に尽力した生徒は評価をプラスすることにする。

学院内の掲示板に貼られた学院長の短い言葉に生徒たちはざわついた。

つまり、学院と王都の復興に努めていれば成績が上がるというのだ。そのため二年生は大喜びで王都中に散らばり、復興を手伝っている。

そして、それは二年生だけでなく他の学年でも大体同じだった。王都の混乱を理由に毎年この時期に行われている課題がなくなり、一年生も三年生も皆王都の修繕の手伝いに行っているのだ。

そのため、学院内には修繕に勤しむ者や学年末のテストに向けて本を抱えて勉強に励む者などが入り乱れ、慌ただしいのである。

その慌ただしさはある意味では学院内に活気を生み出している。

魔法学院の生徒たちは二年連続で悪魔からの襲撃を受けたことになる。アイリーンも命に別状はなかったものの、まだ目を覚ましていない。皆、口には出さないがやはり不安は大きい。

作業に集中することはその不安をかき消す意味でもちょうどよかったのかもしれない。

昨日は他の生徒と同じように町の修繕に行ったレオンだったが、今日は違う。

レオンが向かっているのは魔法歴史学の教師、マーシャ・デンバース教授の私室だった。

王都襲撃前、ディジドルで体験した悪魔憑きの話をするためだ。

森の中で見つけた洋館でエイデンは悪魔を呼ぶ儀式を行い、悪魔憑きとなってしまった。

王都で悪魔を退けたレオンだったが、そのことだけがどうしても心残りだったのだ。

本当はすぐにでもエイデンに会いたかったのだが、王都の襲撃が収まるとエイデンは魔法騎士団に連れていかれてしまった。

吸魔草で動きを封じられ、経過を見守られているという。

マーシャ教授の私室に向かう途中でレオンはマークの姿を見た。一年生のトッド・コーファスと共に木材の柱を肩に担いで走っている。

「先輩！　魔法で浮かせた方が楽だと思うんですけど」

「馬鹿野郎、それじゃ修業になんねぇだろ。こうやって筋力つけるんだよ」

魔法学院において資材をあんな風に運ぶ生徒は他にいない。二人はかなり目立っていた。

そんな二人を見てクスッと笑ったあと、レオンは再び歩き出す。

少し歩くと今度は中庭にある花壇の前にニーナとオードの姿を見つけた。二人はいつものように植物に水をあげているらしい。

「ニーナ、さすがにこんなところで吸魔草は育たないと思うよ……育っても危ないし」

「もうちょっとだと思うんだけどなぁ。もし魔力なしで自家栽培できたらすごいことだよ！」

何やら新しく植物を育て始めたらしい二人は仲良さげに和気藹々と話している。

邪魔するのも悪いと思い、レオンは声をかけるのをやめた。

学院内にはルイズやヒースクリフの姿はない。二人とも王都の復旧に行っているのだ。

特にヒースクリフは、

「王族である僕が自ら動くことで、住民たちに少しでも安心感を与えたい」

と言って、連日朝から夜遅くまで復旧に尽力している。

その様子を見かねたルイズがアルナードや他の生徒を連れて手伝いに行っているのだ。

王都は再び日常を取り戻した。しかし、住民たちの中で膨れあがった不安は相当強い。

本当の意味で王都が復興するには、まだまだ時間がかかりそうだった。

◇

「そうか、それじゃあハートフィリア君は、悪魔憑きは本当に悪魔を呼び出しているのではないかと、そう言うんだね」

ディジドルでの経験と、自分に起こった変化について話したレオンにお茶を差し出したマーシャは、興味深そうに言った。

さすがに自分が悪魔の魂から作られた存在だということは隠したが、悪魔に乗っ取られた人たちを救うためにファ・ラエイルの魂をその身に宿したという話はした。

マーシャは疑う様子もなくレオンの話を聞いて目を輝かせている。

まるで新しいおもちゃを買ってもらった子供のようである。

マーシャほどの老齢の学者であれば、自分の研究は既に集大成を迎えている。

自分の好きな歴史の分野においてその全てを知り得たわけではないが、他のどの魔法使いよりも詳しい自信はある。

ただ身体は老いて体力もなくなった今、研究をさらに発展させ、より深みに行く力はもう残っていなかった。

それでもいいとマーシャは思っていたが、そこにレオンが現れ、今まで自分が知りもしなかった話を始めた。

悪魔同士の戦争や悪魔が人間の身体を狙って暗躍していたこと。その新事実にマーシャは年甲斐もなくワクワクしてしまったのである。

「私なりに知人を訪ねて悪魔の伝説について調べてみた。どうやら、その伝承は極北の国アルガンドでは大きな影響を持っているようだ」

マーシャはレオンと初めて話をした日からずっと悪魔について調べていた。

国の各地にいる研究仲間に連絡をとり、有益な情報を追った。

その結果、レオンたちのいる国よりも北。ルイズの住む町やディジドルの町よりもさらに北に行った最果ての極地、アルガンドという国では、悪魔を神と祀る風習がひっそりと存在しているということを突き止めた。

アルガンドは氷の国とも呼ばれ、閉鎖的な国である。内部の情報は外にはほとんど漏れず、マーシャほどの研究者であっても知らないことは多い。

その情報も地質学や民俗学を調べる研究者を頼ってようやく知り得たものだった。

「悪魔を祀る風習というのは非常に興味深い。アルガンドへ行けば悪魔についてさらに詳しくわかるかもしれないね」

その言葉のあとに「ただね」とマーシャは付け加える。それはアルガンドの閉鎖的な文化を懸念してのものだった。

「アルガンドは他国の者を受け入れないと言われている。もう何百年もの間、余所者を国に寄せつけず自国の者も外に出ない。実際に行って調べるのは難しいかもしれないね」

マーシャの言葉にレオンは頷いた。

しかし、アルガンドに行ってみたいという思いはある。どうにかしてその国に行く方法を見つけたいと考えた。

今回の襲撃でア・シュドラというア族の幹部の魂をレオンの身体の中に捕らえた。

だが、その族長であるア・ドルマについては何の情報もない。

いつか再び悪魔が人間界を襲ってくる時に備えて、レオンはさらに悪魔について学ぶ必要があると思ったのだ。

マーシャとの話が終わり、レオンはお茶を全部飲んでから席を立つ。部屋を出ていく時、マーシャがレオンを呼び止めた。

「ハートフィリア君、これは教師としてではなく、この国に住む一人の住民として言わせてもらいたい。本当にありがとう。君がいなければこの国は終わっていたかもしれん」

それは感謝の言葉だった。長く生きるマーシャにとっても、王都の襲撃など初めて体験する出来事だった。教師が生徒に頭を下げることは滅多にないのだろうが、今回ばかりは礼を言わずにはいられなかった。

レオンはマーシャの言葉を聞いて照れたように笑うと、彼女の私室をあとにした。


マーシャの私室を出たレオンは王都の商店通りに向かうことにした。昼が近づき、お腹も空いている。昼食がてら用を済ませに行こうと考えた。

途中で再びマークに会い、二人で食事に行くことになった。レオンはマークと共にいたトッドも誘ったのだが、

「先輩たちの深い間柄に自分のような若輩者が入るわけにはいかねぇっす」

と謎の理由で断られてしまった。

仕方なく二人で簡単に食事を済ませると、向かったのは魔魔堂だった。

今回の戦いでクエンティンにはこれ以上ないほど助けてもらった。しかし、戦後の処理やゴタゴタでろくに礼も言えず、自分がどうしてあんな力を得たのか説明もできていなかった。

そしてそれはマークにも同じ。レオンは自分が生まれた経緯を親友であるマークやルイズ、ヒー

スクリフといった友人たちの誰にも話せていなかった。

タイミングが悪い。そう自分に言い訳をしていたが、そうでないこともわかっている。

怖いのだ。自分が純粋な人間でないと知られてしまうことが。悪魔によって作られたと知った時、マークたちがどんな顔をするのか、それを想像するとゾッとしてしまう。

もちろん、マークたちがそんなことで態度を変えるような人間じゃないことはレオンが一番わかっている。

ア・シュドラに身体を乗っ取られそうになった時、何とか踏みとどまれたのはマークたちの存在があったからだ。

学院での日々を共に過ごし、常にレオンを支え続けたその存在がなければ、レオンは今ここにいないだろう。だからこそ、話せなかった。

マークたちなら大丈夫だと頭ではわかっていても、もし存在を否定されたら？　と心が訴えかける。

親しいからこそ踏み出せずにいる。結局、魔魔堂に入り、力を得た一連の流れを説明し終えてもレオンは自分の正体だけは明かせずにいた。

「しかし、すごいねぇ。ファ・ラエイルの魂がこの身体の中にあるとは」

クエンティンは感心したように言うと、レオンの胸の辺りを指でつつく。レオンの後ろに座り、黙って話を聞いていたマークは出されたお茶を啜っている。

二人とも本当は気づいていた。レオンがまだ何かを隠しているということに。

だが、二人ともあえてそれを聞くようなことはしない。

レオンが自分から話してくれるまで待とうと決めているのだった。

「先輩には本当にお世話になりました。それと……生意気な口を利いてすみませんでした」

頭を下げるレオン。

彼が隠し事をしているからか、二人がそれを知っていて何も言わずにいるからか、三人の間には妙にぎこちない空気が流れてしまう。

「ああ、アレね。僕たちを『足手まとい』呼ばわりしたやつね。まぁ、いいさ。どうせ事実だったし。君がいなければ今回は本当に危なかった」

クエンティンは努めて明るく振る舞うが、それもいつもとは違い、空回りする。

「レオン、君は本当に英雄と呼ばれるに相応しいことをしたと僕は思っているよ。この国の人たちを救ったんだから」

クエンティンはそう言ってレオンの肩を叩いた。目の前でしょぼくれたように顔を曇らせる後輩を慰めたいという思いもあるが、それ以上に今の言葉は本心だった。

レオン・ハートフィリアがいなければ誰もあの悪魔たちには太刀打ちできなかった。人間界は乗っ取られ、全滅していたはずだ。

　それを防いだのだから、この少年は称賛されるべきだ。他にどんなことを隠していたとしても、人々を救った事実は変わらない。そうクエンティンは考えていた。

「まぁ何はともあれ、これでレオンの野望には一歩近づけたな」

　それまで黙っていたマークが言った。

「野望？」

　レオンにはおよそ似つかわしくないその言葉に、思わずクエンティンが聞き返す。

　マークの言葉に心当たりがないといったように、レオンもキョトンとした顔をしている。

「おいおい、忘れたのかよ？　貴族の位を得るくらい手柄をあげて、親父さんたちに楽させてあげるんだろ？」

　マークが続けてそう言うと、レオンはようやく納得したような表情を浮かべた。

　もちろんそのことを忘れていたわけではない。ただ、野望というほど野心を秘めた願いではなかっただけだ。

　自分がハートフィリア家を復興するために魔法を学んでいることは、もう随分前にマークに打ち明けていた。

「だって国の危機を救ったんだぜ？　それだけでも一代貴族の位をもらうに値すると俺は思うけ

どな」

マークの言葉に嘘はない。魔法使いだけでなく、普通の平民の中にも貴族の位を授けられた者はいる。

そして彼らは一様に、国にとって有益な行いをしたからこそ貴族になれたのだ。

今回のレオンの働きならば、マークの言ったように一代貴族の地位を与えられてもおかしくはない。彼の話を聞いてレオンはミハイルの言葉を思い出していた。

悪魔を倒し、王都に戻ったあとでミハイルはこんなことを言っていたのだ。

「お前の働き、ちゃんと報告しておいてやる」

その時は誰に報告するのか、何のためにするのか疑問が浮かんだが、ようやくその意味を理解した。

あれは、レオンの手柄がしっかりと王宮に伝わるように報告しておく、という意味だったのだ。

魔法騎士団の団長には方々での活動を書面にて提出し、王宮に報告する義務がある。

捕らえられたとはいえ、魔界に行ったのは魔法騎士団の中ではミハイルのみ。レオンの活躍を正しく報告できるのは彼だけだ。

もちろんミハイルはレオンの「家を貴族家に戻したい」という願いを知る由もなかったが、そうでなくても平民の願いは大抵貴族になることである。

レオンの働きを考慮し、その手助けをしたいというミハイルの優しさだった。

そのことに納得がいっても、レオンは心の中にまだ何か引っかかりがあるように感じた。

もしこれで貴族家になれたとしてもそれはレオンが貴族になったというだけで、ハートフィリア家が復興したことにはならない。

それでも今よりは良くなるはずだ。その一代貴族の地位を足がかりに、家族に楽をさせてあげることはできる。

わかっているのに、何故かレオンの中のモヤモヤは晴れない。

クエンティンも同じような気持ちだったらしく、短く一言だけ、

「そう上手くいくかな……」

と呟いた。その言葉にマークやレオンが反応するよりも早く、魔魔堂の扉が開かれる。

扉につけられた鈴が鳴り、来客を知らせると、クエンティンは得意の営業スマイルで接客をしようとした。

「いらっしゃいま……」

しかし、その声は途中で止まる。

入ってきた者たちが明らかに客ではないとわかったからだ。白い甲冑（かっちゅう）をつけた騎士が五人。

その最後尾にいる騎士は王宮の紋章（もんしょう）を掲げた旗を握っている。

「守護騎士様がこんなところに一体何の用ですか？」

クエンティンが尋ねた。

守護騎士は王宮に住む王族を守るための部隊だ。魔法騎士団と役目は同じ。違うのは彼らの中に魔法を使える者はいないということ。

国王の命令によってのみ動き、それ以外誰の言葉も聞かない人間の騎士たち。

そんな彼らがわざわざ町中にあるぼろぼろの魔法具店にやってくるなど、普通ではない。

クエンティンには嫌な予感しかなかった。

そして、その予感を的中させるように騎士の中の一人が声を上げる。

「レオン・ハートフィリア。貴様には反逆罪の嫌疑がかかっている。早急に我らにご同行願おうか」

家族のために家の復興を目指すレオン。そんな彼は自分が予期しない立場に置かれてしまう。

貴族とは一番遠い、犯罪者へと。

◇

暗い部屋の中だった。石の壁と冷たい鉄格子。まるで魔界で目覚めた時の場所に戻ったようだと、レオンは軽く笑った。

違うのは両手と両足にそれぞれ鎖のついた枷がつけられていて、身動きが取れないということだ。

だがレオンは決して焦ってはいなかった。

何故、自分が投獄されているのかという疑問はある。

それでも不思議と心は落ち着いていた。手足を縛る枷には魔力を吸収する力はないようで、今のレオンがその気になれば一瞬で鎖を外し、この牢を出ていくことができるだろう。

余裕はそこから生まれているのかもしれない。

しかし、レオンは脱獄を試みようとは思わなかった。

「反逆罪」とレオンを捕らえに来た騎士は言った。全く心当たりがなかったが、今逃げればその罪を認めてしまうことになる。

そうすれば家族や友人にも迷惑がかかるかもしれない。わかっているからこそ、レオンは牢の中で待ち続けるしかなかった。

繋がれている間、レオンはずっと確かめておきたかったことを実践してみた。

影の使い、モゾについてだ。魔界から人間界に戻って以降、モゾは一度もその姿を見せていなかった。

レオンの影の中に入ったまま、レオンが呼びかけても何の反応も示さない。

その理由はわかっていた。人間界の陽の魔力に満たされた環境下では、陰の魔力で作られたモゾは存在できないのである。

しかしア族との戦いで覚醒した、レオンとモゾとが連携した戦闘技術。

あれは今後もきっと役に立つ力だろうとレオンは考えていた。

とはいえ悪魔が再び襲ってきた時、陰の魔力で満たされた魔界でしかまともに戦えないようでは次は負けるかもしれない。

人間界でも同等の力を使えるようにならなくてはいけなかった。そこでレオンが目をつけたのは王都を襲撃していた魔獣たちだった。

空の裂け目からやってきたあの怪物たちは悪魔がいなくなるとその姿を消した。だが、やつらは確実に人間界に存在していたのだ。

悪魔が作り出したものという点において、魔獣も影の使いもほとんど同じだろう。

それなのに魔獣だけが人間界にも存在できたのは何故なのか。その答えをレオンなりに推測していた。

単純な方法だが、それだけに上手くいけば自分も使えるかもしれない。本当なら学院の自室でやりたかった魔法の実験を、レオンは牢屋の中で試すことにした。

その方法とは陰の魔力ではなく、陽の魔力で影の使いを生み出すというシンプルなもの。

悪魔たちが魔獣を人間界に放てたのは、人間の身体を手にしたあと、その身体の魔力を使って魔獣を生み出したからではないかというのがレオンの推測だった。

人間の魔法には精霊召喚術や降霊術は存在するが、そのどちらも他の場所にいる生命体を呼び出す魔法だ。

魔獣を作り出すといった、生命を一から創造する魔法は存在しない。

しかし、実際に悪魔はそれをやってのけ、自分の戦力にしている。陰と陽の魔力は似て非なる性質を持った別々のものだが、似てはいるのだ。

レオンはエレノアの魂から得た記憶を頼りに影の使いを呼び出そうとする。

自分の影をちぎるようにイメージして魔力を動かし、そこに意志を持たせるために念を込める。

どのような存在になってほしいのか、どう動いてほしいのかを明確に伝える。頭、首、肩、手と上から順にイメージを集結させて肉体を作る。

結論から言えばレオンの推測は正しかった。悪魔たちは乗っ取った人間の身体が持つ陽の魔力を人間界で、自分の魂に宿る陰の魔力を魔界で、というように使い分けていた。

そして、鎖で繋がれたレオンの目の前に新たな影の使いが生まれた。

最初は黒い塊だったそれはやがて猫の形をなす。

辺りを探るかのように首を動かして周囲を見ると、レオンの方にてとてと歩いてくる。

モゾとは違う。人間界でのみ存在できる陽の魔力を持った影の使いだ。レオンはその影の使いに「テト」という名前をつけた。

レオンがテトに望んだ能力は自分の手となり足となり、そして目となり耳となることだった。

その役目を果たそうとするかのように、テトは檻の隙間を抜けて外の様子を探りに行くのだった。

◇

レオンが捕らえられた日の翌日、王宮内の廊下を足早に歩く者がいた。その力強い足音は彼の怒りを表すかのように鳴り響く。

向かう先は国王のいる謁見の間。彼はその大きな扉を力強く開けた。

バンッという大きな音が鳴り、中にいた者たちの目は来訪者へ向けられる。

「騒々(そうぞう)しいぞ、ヒースクリフよ。お前も王族ならばそれなりの行動を心がけよ」

来訪者ことヒースクリフに向けて、その父親であるアドルフ国王が言う。

しかしヒースクリフはその言葉には答えず、つかつかとアドルフの目の前まで歩いていく。

「一体どういうつもりですか、父上」

ヒースクリフは怒声をあげたい気持ちをグッと堪え、あくまでも平静に努めて尋ねた。

親子とはいえ、言葉遣いを間違えれば不敬にあたるからだ。

「どういうつもりかとは何のことか」

反対にアドルフはいかにも面倒くさいといった様子で答える。

ヒースクリフがやってきた理由を知っていながら、はぐらかしているのだ。

「決まっているではありませんか。何故レオン・ハートフィリアを捕らえたのです。彼は国を救ってくれた英雄ですよ?」

その言葉を聞いてアドルフは大きなため息をつく。予想はしていたが、実の息子が予想通りの反応を示したことでさらに面倒くさく感じているのだ。

「英雄……英雄か。聞けばそのレオンとかいう賊は悪魔の力を駆使して戦ったそうではないか。余を襲った者も同じくその力を使った。同じ悪魔の力を」

ヒースクリフは食い下がろうとした。しかし、そんな彼を手で制してアドルフは続ける。

そして側にいた男に報告書を読ませる。

男は報告書を開き、「今回の襲撃の首謀者は悪魔に身体を乗っ取られた魔法使いであること」、「その魔法使いたちを止めるために同じような能力を駆使したレオン・ハートフィリアという魔法使いがいたこと」を読み上げる。

「聞いた通りじゃ。身体を乗っ取られた魔法使いたちは赦免するにしても、レオン・ハートフィリアは自分の意思で悪魔の魔法を使っている。悪魔と何の関係もないとは思えん」

かつて存在した降魔会という組織の影響で王国では、悪魔を召喚しようとする儀式を全て禁忌としている。

レオンが悪魔の魔法を使うという事実から、彼が儀式を行ったものとみなして処罰するつもりなのだ。

国を救った英雄を未確定の要素で裁くなどそんな馬鹿な話はあるか、とヒースクリフは食い下がるが、アドルフは頑なにそれを認めない。

それには別の理由もあった。

襲撃の首謀者であるア・シュドラとその他の悪魔たち。彼らの魂はレオンの身体の中にある。そして、アドルフと王宮の貴族たちはそのことを知らなかった。

報告書を作成したミハイルが伏せたからだ。

ミハイルの報告書には王都がいかに危機的状況にあったのかと、それをレオンがどれだけ力を尽くして食い止めたかが書かれていた。

その報告書を作成する上でミハイルは、レオンに不利になりそうな部分をあえて削った。

揚(あ)げ足取りでレオンに被害が及ばぬようにというミハイルの心配りであったが、それは全く意味をなさなかった。

思わぬ方向でレオンは罪を着せられてしまうことになったのだから。

消えたア・シュドラたちの魂はどこへ行ったのか。レオンたち以外にその答えを知る者はいない。

そしてそれは首謀者がいないということを意味する。

それではまずいとアドルフは思った。王都を襲撃されるなど前代未聞。その上、その窮地を救ったのは魔法騎士団ではなくただの魔法学院の生徒。加えてその首謀者がいないとなれば、民衆からの信頼が一気に崩れてしまう。

こじつけでレオンを犯罪者に仕立て上げたのは、アドルフが自分の地位を守るためだった。

そして、反対する貴族は誰一人として王都にはいない。

国王に逆らえないというのはもちろんだが、何よりもレオンがただの平民だからだった。

偏った貴族主義社会は平民の英雄の存在を打ち消し、民衆が悪意を向けるための的にしたのである。

「クソッ!」

謁見の間を出たヒースクリフは右手を握りしめて悔しさを吐き出す。

結局、どれだけ異を唱えようとアドルフは聞く耳を持たず、最後にはうんざりしたように彼を部屋の外へ追い出した。

そんなヒースクリフに男が一人近寄ってくる。ヒースクリフの兄、第一王子のアーサーだった。

「また惨(みじ)めに頭を下げて頼み込んだのか？」

アーサーはヒースクリフに向けて笑いかけるが、その目は全く笑っていない。

その爽(さわ)やかな外見と人当たりのいい外面の内側には、アドルフと同じくらい腐った内面があることをヒースクリフは知っている。

「僕が王だったならばこんなことは決してしないのに。父上も手厳しい」

わざとらしくそう言ってからアーサーはヒースクリフの肩を抱く。そして耳元で囁く。

「お前が父上を殺せば、レオンとかいうガキは助けてやるぞ？　どうする？」

王宮の廊下にはヒースクリフとアーサーの他には誰もいない。

「お戯(たわむ)れはやめてください、兄上。私にそんなつもりはありません」

ヒースクリフは兄から離れようとするが、アーサーはさらに力を込めて頭を寄せる。

「どうせあと何年かすればあの狸(たぬき)は退き、僕の時代だ。そしたらお前も可愛がってやる。悪くないだろう？」

そう言って不気味に笑うアーサーの顔は、ヒースクリフだけが知るいつもの兄の顔だった。

子供の頃から何回も見た薄気味悪い笑顔。

ヒースクリフがいつのまにか王位を諦めてしまった原因の一つとなった顔だ。

今までの彼であれば、その顔には逆らえなかった。洗脳にも似た兄の口車に乗せられ、アドルフの暗殺を実際にやってしまっていたかもしれない。

しかし、今は違う。魔法の才能に恵まれ、学院では友人にも恵まれた。そんな彼が今さら兄に屈することはなかった。

「兄上、もう私を巻き込まないでください」

ヒースクリフは兄から離れる。

「後悔するなよ、ヒースクリフ。そして、王位を僕から奪えるなどとも思うな。お前が魔法を使えても、僕にはより多くの優秀な家来がいるぞ」

去り際にアーサーは笑う。アーサー自身に魔法の才能はない。

だが、彼にはそれを補うだけの頭脳と野心があった。幼少期から自分の本性を決して他人には見せず、外面の良さだけで自分の味方を増やしてきた。

今では王宮に出入りする貴族の八割を自分の陣営に取り込んでいる。もはや次の国王はアーサーに決まったと言っても過言ではない。

アーサーは何事もなかったかのように謁見の間に入っていく。その様子を見届けてからヒースクリフは走り出した。

レオンが捕らわれている現状は何も変わってはいない。そして、それを変えられるのは自分だけだと彼にはわかっていた。

ヒースクリフが向かったのは魔法学院の学院長室だった。入室すると、中には見知った友人たちと学院長を含む一部の教師。そして、ミハイルがいた。

「やはり、ダメでしたか」

入ってきたヒースクリフの顔を見て学院長が言う。その声は落胆しているようでもあり、何かを決意したようでもある。

「彼を失うわけにはいきません。覚悟を決める時が来たようです」

学院長の言葉にその場にいる誰もが頷いた。

そして、その中でもヒースクリフは一際強く己の中で覚悟を決める。

レオンの運命を大きく変える計画が動き始めた瞬間だった。

◇

夜だった。薄暗い牢屋の中で寒さに身を震わせながらレオンは眠りについている。

数分前に戻ってきたテトはここが王宮の地下にある独房だということを教えてくれた。

テトは喋れないが伝えようとする内容はレオンの心に直接流れ込み、言葉がなくても何となくわかる。

どうやらレオンからあまり離れたところまでは行けないらしく、テトが探索できたのは王宮の敷地内だけだったようだ。

昼間ヒースクリフが王宮内で国王に訴えかけていたということをレオンは知ったが、それ以外の情報はない。

学院にいるマークたちの様子も故郷にいる家族の様子も何もわからなかった。

待つしかない、という状況にレオンはやきもきしながら床についていた。

コツコツと硬い床の上を歩く音がした。

その音はゆっくりとレオンに近づいてくる。

そして、蝋燭に灯された火がレオンの姿を照らす。

「レオン、俺だ」

その声でレオンは目を覚ました。蝋燭を持っているのはミハイルだった。

レオンは限界まで鉄格子に近づき、ミハイルの顔を見る。

枷のせいで這いつくばるレオンと視線を合わせるようにミハイルは屈んでいた。そしてその表情には疲れと、悲愴の色がある。

「すまない、レオン。俺の報告書のせいでこんなことになってしまった」

ミハイルはまず謝罪した。良かれと思った報告書によりレオンが幽閉(ゆうへい)されてしまうなど、彼には予測もしていなかった出来事だった。

それでも現実にレオンは囚われの身となり、その原因を作ったのはミハイルだ。彼は申し訳なさでいっぱいになり、意味はないと知っていても謝ることしかできなかった。

そんな彼をレオンは当然許した。一緒に戦った仲である。それにミハイルがいなければレオンも強くなれなかった。

ミハイルに悪意がないことはわかっていた。そして、魔法騎士団の団長にもこの状況を打破する術はないことも。

では何故ミハイルはレオンのところに来たのか。

それはとある計画を実現するためだった。

屈んだままの姿勢でミハイルはさらに声を落としてレオンに囁く。告げられたのは脱獄計画。レオンを牢から解き放ち、この国から逃がすという計画だった。

「僕はもうこの国には住めない、ということですか？」

神妙な顔つきでレオンは問い返す。予想はしていた。

国王の命で囚われた今、自分に残された道はありもしない罪を受け入れて裁かれるか、逃げて国を出るかの二つしかない。

平民を人とも見ていない王政のもとではレオンは死を待つのみとなってしまう。しかし、それでも逃げることはできなかった。

今自分が逃げれば自分を愛し、育ててくれた家族に矛先が向くかもしれないのだ。それをよしとするレオンではない。

だからこそ逃げずに牢で待っていた。第二王子であるヒースクリフを信じて、必ず何とかしてくれると頼った。

しかし、そのヒースクリフも失敗した。魔法の才能を手に入れた代わりに彼の権力は弱まった。ヒースクリフが学院に通っている間に兄のアーサーは自分の味方をどんどん増やし、次代の王位をほぼ決定的なものにしてしまった。

魔法祭の時にヒースクリフの感情が暴走してしまったことが明るみに出て、その立場はさらに悪くなった。

断罪こそ免れたが、今の王都にヒースクリフを王にしようとする者はほとんどいないのである。

そんな彼の意見が王宮内で通用するわけがなく、レオンの釈放は叶わなかった。だが、ヒースクリフは諦めなかった。

暗い闇に取り込まれていた自分を救ってくれた友人を今度は自分が助けるために、ある覚悟を決めたのだ。

「レオン、三年だ。三年だけ待ってくれ。俺たちがヒースクリフを王にして、必ずお前の帰ってくる場所を作る」

ミハイルが告げた。

ヒースクリフが決めた覚悟。それは自らが王となり、レオンの罪をなくすというものだった。

この国では国王に任期が定められており、一定の年齢を迎えた国王は退陣して次の国王に国を委(ゆだ)ねる。

そして現国王アドルフの任期はあと三年だった。ヒースクリフはそれまでにアーサーと対等に戦えるだけの力をつけ、三年後に王位を継承するつもりなのだ。

「でも、僕が逃げたら家族は……」

レオンの心配は変わらない。脱獄して国を出たとしても家族がどうなるかわからない。

三年後に本当にヒースクリフが王になれたとしても、それまでの間に家族が無事である保証はないのだ。

だからこそ、逃げられない。

しかし、ミハイルはレオンのその反応を予期していたようだ。

「俺に考えがある」

そう言ってミハイルはニヤリと笑った。

◇

轟音が鳴り響いた。それと同時に王宮の地下から派手な土煙が舞う。轟音は町中に響き渡り、夜だというのにその音で目覚めた住民たちがわらわらと外に出てくる。

住民たちの表情は一様に不安に怯えている。無理もない。悪魔の襲撃からまだ数日しか経っていないのだ。

夜の闇で視界が制限される中、住民たちはしきりに周囲を見渡し、状況を把握しようとする。

これが命の危機に関わる緊急事態なのか、見極めようとしているのだ。

やがて、住民の一人が王宮の屋根の上に立つ人影を発見する。

「何だ、あいつは！」

その住民が人影を指差し、人々の視線はその先に集まった。

黒い影をまとい、屋根の上から住民を見下ろす白っぽい銀髪の少年がいた。彼は叫ぶ。

「我が名はファ・ラエイル！　創世の悪魔だ！　逃げろ、人間よ。我が魔法が届く前に！」

仰々しく、町中に届く声。それは紛れもなくレオンのものだった。

声を聞いた住民たちは一拍の間をあけて状況を理解し、悲鳴と共に逃げ出す。

悪魔が再び襲撃してきた。それも伝説の悪魔が……と誰しもが思ったであろう。

暗闇に紛れて逃げ惑う住民たちを見て、レオンは心の底から申し訳なく思う。当然、エレノアに乗っ取られたわけではない。

仮に乗っ取られていたとしてもエレノアが町を襲うことはない。

これが、ミハイルの作戦だった。脱獄したレオンことファ・ラエイルはそのまま町を襲うフリをする。そして、それを止めに来た魔法騎士団に討ち取られる手筈だ。

実際は討ち取ったように見せて逃がすのだが、首謀者とされているレオンが住民の前で死んだことにすれば、国王もレオンの罪を他の人間に被せることはないだろう。

そして、レオンを討ち取ることで王都には新たな英雄が生まれる。そんな大雑把な作戦だったが、レオンはこれに乗った。

彼のもう一つの心残りを解消するのにも都合が良かったからだ。

地下牢から脱し、王宮の外に出たレオンはその足で王宮の敷地内にある建物へ向かった。その建物の内部に目的の人物がいる。

「止まれ悪魔！」

建物の中に入ろうとするレオンの前に、その建物を守っていた魔法使いが立ち塞がる。人数は四人。魔法騎士団のメンバーだが、ミハイルの作戦は知らない者たちのようだ。

ヒースクリフを王にするという企みは、信用のおける一部の人間にしか知らされていない。それ故に、魔法騎士団のメンバーであってもレオンを殺す気で向かってくる。

そして、レオンは相手を殺すわけにはいかなかった。三年後にヒースクリフが王になったとしても、もしここで実害を出せば王国に戻れなくなる。

レオンは魔法で水を生み出す。放たれた水は四人の魔法使いたちの足元を濡らし、瞬時に凍りついた。

「これは……？」

魔法使いたちはなす術なく動きを封じられてしまう。

レオンは一介の生徒にすぎないが、その身体の中には何千年の時を生きたエレノアの魂と先の戦闘で培った経験がある。

その強さは既に並の魔法使いでは太刀打ちできないところまで来ていた。

氷は魔法使いたちの身体を覆い、動きを封じる。顔まで全てを包み込むその氷に殺傷能力はないが、魔法はもう使えないだろう。

無力化に成功したレオンは建物の扉に近づく。扉には結界が張ってある。中にいる者を守るのではなく、閉じ込めるための結界。

エレノアの知識から解き方を知ったレオンは、苦もなく結界を破る。

そして扉を開ける。扉の中には四人の魔法使いがおり、部屋の中で座り込み魔法を唱えている。中心には魔法の対象となる人物、エイデンがいた。そこは悪魔憑きとなったエイデンの力をおさえ込み、拘束しておくための建物だった。

レオンの登場に驚き、部屋の中にいた四人の魔法使いはエイデンの悪魔の力を封じるための魔法を発動する手を止めた。

そのエイデンの悪魔の力こそ、レオンのもう一つの気がかりだった。

このままレオンが姿を消したとして、エイデンはどうなるのか。

彼も平民だ。レオンと同じように処刑されるかもしれない。もし処刑を免れても囚われたまま一生が終わってしまう。

「そいつはもう用済みだ。私の力、返してもらうぞ」

レオンは演技を続け、エイデンから悪魔の魔力を抜き取る。

エイデンに宿っている悪魔の名前は知らない。しかし、それを自分のものだと偽ることでエイデンをただの被害者に見せようと考えたのだ。

エイデンの身体を乗っ取った悪魔の魂は容易く抜き出せた。

悪魔憑きの儀式によって確かにエイデンの中には悪魔の魂が宿っていたが、その魂はまるで眠っているかのように反応がない。吸魔草によって魔力を吸い取られすぎたのかもしれない。

レオンはエイデンに憑いた悪魔の魂を取り込むと、飛び上がる。

空からは王都中を見下ろすことができた。まだ二年しか暮らしていない王都。それでも、その二年にはたくさんの思い出がある。

既にここはレオンの第二の故郷と呼べる場所になっていた。

上空から魔法学院を眺める。王宮から少し離れたところにある魔法学院は、実際よりも小さく見える。

懐かしさは消えない。ここを離れれば二度と見ることはできないかもしれない。三年後に必ずレオンが戻ってこられる保証はない。

だが、レオンはヒースクリフと仲間たちを信じることにした。

「止まれ、悪魔。王都に脅威をもたらす存在は僕が討ち取る」

レオンを倒すために一人の魔法使いがやってきて、下にいる住民たちにも聞こえるほどの大きな声で叫ぶ。

ヒースクリフだった。レオンを倒した者は新たな英雄になれる。しかし、その者は貴族以上の身分を持っていなければならない。

マークや辺境貴族のルイズでは荷が重い。国王の気分次第で再びなかったことにされてしまうかもしれないからだ。

ヒースクリフが適任だった。第二王子が王都を救ったとなれば、国民たちからの信頼を勝ち取れる。そしてそれは彼が王位につく時、必ず力になる。

「やってくれ、ヒース。手加減しなくていい」

住民たちには聞こえないようにレオンが囁く。演技だとわかっていても、ヒースクリフには辛い行動だった。

ヒースクリフの両手に魔力が集まり、それが光の束になる。

「さらばだ、親友よ。力なき僕を許してくれ。そして、いつかまた会おう」

祈るように放たれたヒースクリフの魔法は眩い光を放ってレオンに降り注ぐ。住民たちは逃げるのをやめ、その様子を見守っていた。

彼らの目には光に包まれたレオンの影しか映らない。やがてその影は消え、魔法がおさまるとそこにはもう何もなかった。

「国民たちよ、悪魔は消えた。私が倒した！　この国は……救われた！」

空中で宣言するヒースクリフに住民たちは歓声を上げる。

今が夜でよかったと、ヒースクリフは思った。

もし明るかったら、どんなに離れていようと彼の顔が涙でくしゃくしゃになっていることに気づかれていただろう。

夜の闇に響く歓声は王都の外まで聞こえていた。そして、レオンの耳にも。

ヒースクリフの魔法にやられるフリをして、レオンはア・シュドラの力を使って転移した。

行き先はあらかじめミハイルに指定された森の中。そこには一人の女性が立っていた。レオンには見覚えがある。

魔界で悪魔に身体を乗っ取られていた中の一人だ。ア・シュドラの側近、レオンが最初に倒した悪魔に身体を乗っ取られていた人だった。

「ナッシャ・ソダニアと申します。あなたに救われた命、その恩を返すために来ました」

ナッシャは国内の人間ではなかった。

悪魔に捕まり、無理やり王都に連れてこられたのだ。

そして、レオンに救われたあとは王都で客人の扱いを受けて、国に帰る時を待っていた。

しかし、レオン亡命の話をミハイルから聞き、力を貸すべく計画に参加したのだ。

「ありがとうございます。それで、僕はどこの国に逃げるのですか？」

レオンの問いにナッシャは答える。

「極北の大地、アルガンドです」

ナッシャは氷の国の人間だった。

その後、レオン・ハートフィリアの死は一度国の歴史に綴られる。

国を襲った脅威の消滅として、である。

住民たちは二度に及ぶ王都の襲撃をその心に刻み、同時に新たに生まれた国の英雄の存在を信じるのだった。

●各定価：1320円（10%税込）●Illustration：やまかわ　●漫画：みずなともみ　B6判 ●各定価：748円（10%税込）

シリーズ累計360万部の超人気作!(電子含む)

TVアニメ第2期 放送開始

2024年1月8日から 2クール

TOKYO MX・MBS・BS日テレほか

異世界へと召喚された平凡な高校生、深澄真。彼は女神に「顔が不細工」と罵られ、問答無用で最果ての荒野に飛ばされてしまう。人の温もりを求めて彷徨う真だが、仲間になった美女達は、元竜と元蜘蛛!? とことん不運、されどチートな真の異世界珍道中が始まった!

2期までに
原作シリーズもチェック!

●各定価：1320円(10%税込)
●illustration：マツモトミツアキ

1~19巻好評発売中!!

月が導く異世界道
あずみ圭
木野コトラ
とことん不運、されどチート!

漫画：木野コトラ
●各定価：748円(10%税込) ●B6

コミックス1~13巻好評発売

風波しのぎ
Kazanami Shinogi

シリーズ累計
250万部!
(電子含む)

THE NEW GATE
ザ・ニュー・ゲート
01~22

2024年 待望のTVアニメ化!

デスゲームと化したVRMMO−RPG「THE NEW GATE」は、最強プレイヤー・シンの活躍により解放のときを迎えようとしていた。しかし、最後のモンスターを討った直後、シンは現実と化した500年後のゲーム世界へ飛ばされてしまう。デスゲームから"リアル異世界"へ——伝説の剣士となった青年が、再び戦場に舞い降りる!

定価:1320円(10%税込)
illustration：魔界の住民(1~9巻)
KeG(10~11巻)
晩杯あきら(12巻~)
~22巻好評発売中!

コミックス
1~13巻
好評発売中!

漫画：三輪ヨシユキ
各定価：748円(10%税込)

原作:風波しのぎ 漫画:三輪ヨシユキ
THE NEW GATE
ザ・ニュー・ゲート
1
デスゲームから500年後のゲーム異世界へ
絶対覇者降臨
新たなる無双伝説開幕!!
シリーズ累計15万部!
大人気ファンタジー待望のコミカライズ!

アルファポリスHPにて大好評連載中!

アルファポリス 漫画　検索

Re:Monster

リ・モンスター

金斬児狐
Kanekiru Kogitsune

1～9・外伝
8.5
暗黒大陸編1～3

シリーズ累計150万部（電子含む）突破!

2024年4月 TVアニメ放送決定!!

ネットで話題沸騰
怪物転生ファンタジー

最弱ゴブリンの下克上物語 大好評発売中!

【小説】1～9巻／外伝／8・5巻

◉各定価：1320円（10%税込）
◉illustration：ヤマーダ

新章 Re:Monster 暗黒大陸編 リ・モンスター 1
金斬児狐
最弱ゴブリンから最強黒鬼 そして新世界の伝説へ!
新たな旅が今始まる!
累計65万部!
新シリーズ!

【小説】1～3巻（以下続刊）

◉各定価：1320円（10%税込）
◉illustration：NAJI柳田

コミカライズも大好評

◉各定価：748円（10%税込）
◉漫画：小早川ハルヨシ

The Record by an Old Guy in the world of Virtual Reality Massively Multiplayer Online

とあるおっさんのVRMMO活動記 1~29

椎名ほわほわ
Shiina Howahowa

アルファポリス
第6回
ファンタジー
小説大賞
読者賞受賞作!!

累計180万部突破の大人気作
(電子含む)

TVアニメも大好評!!
TOKYO MX・
BS11ほか

コミックス
1~11巻
好評発売中!

とあるおっさんの
VRMMO活動記
椎名ほわほわ
実じゃ冴えない会社員(38歳・独身)
でもVRMMOの中では
名うてのスキル職人!?
ネットで
人気爆発!
冴えないおっさんのほのぼのVRMMOファンタジー!
第6回アルファポリスファンタジー小説大賞
読者賞受賞作、待望の書籍化!

超自由度を誇る新型VRMMO「ワンモア・フリーライフ・オンライン」の世界にログインした、フツーのゲーム好き会社員・田中大地(たなかだいち)。モンスター退治に全力で挑むもよし、気ままに冒険するもよしのその世界で彼が選んだのは、使えないと評判のスキルを究める地味プレイだった!
――冴えないおっさん、VRMMOファンタジーで今日も我が道を行く!

1~29巻 好評発売中!

各定価:1320円(10%税込)　illustration:ヤマーダ

とあるおっさんのVRMMO活動記 1
現実じゃ冴えないおっさんが
料理生産から冒険まで
VRMMOで大活躍!!

漫　画:六堂秀哉　B6判
各定価:748円(10%税込)

アルファポリスHPにて大好評連載中!

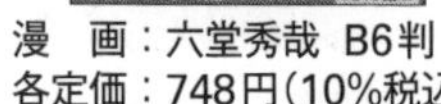

覚醒したので最強ペットと
今度こそ楽しく過ごしたい！

TORYUUNOTSUKI
登龍乃月

ダンジョンに雑用係として入ったら
【森羅万象の王】になって帰還しました…？

最強でクセ強な相棒を連れて再出発!!

勇者パーティの雑用係を務めるアダムは、S級ダンジョン攻略中に仲間から見捨てられてしまう。絶体絶命の窮地に陥ったものの、突然現れた謎の女性・リリスに助けられ、さらに、自身が【森羅万象の王】なる力に目覚めたことを知る。新たな仲間と共に、第二の冒険者生活を始めた彼は、未踏のダンジョン探索、幽閉された仲間の救出、天災級ドラゴンの襲撃と、次々迫る試練に立ち向かっていく――

◉定価：1320円（10%税込）　◉ISBN：978-4-434-33328-6　◉illustration：さくと

【悲報】売れないダンジョン配信者さん、

(•) LIVE

うっかり超人気美少女インフルエンサーをモンスターから救い、バズってしまう

ネットが才能に震撼！
怒涛の260万PV突破

著 taki210

人気はないけど、実力は最強!?
お人好し青年がダンジョン配信界に奇跡を起こす!?

現代日本のようでいて、普通に「ダンジョン」が存在する、ちょっと不思議な世界線にて——。いまや世界中で、ダンジョン配信が空前絶後の大ブーム！　配信者として成功すれば、金も、地位も、名誉もすべてが手に入る！　……のだが、普通の高校生・神木拓也は配信者としての才能が絶望的になく、彼の放送はいつも過疎っていた。その日もいつものように撮影していたところ、超人気美少女インフルエンサーがモンスターに襲われているのに遭遇。助けに入るとその様子は配信されていて……突如バズってしまった!?　それから神木の日常は大激変！　世界中から注目の的となった彼の、ちょっぴりお騒がせでちょっぴりエモい、ドタバタ配信者ライフが始まる！

●定価：1320円（10%税込）　●ISBN 978-4-434-33330-9　●illustration：タカ

覚醒スキル【製薬】で
今度こそ幸せに暮らします!

迷宮都市の錬金薬師

前世がスライムだった僕、古代文明の絶滅スキルが覚醒!?

Oribe Somari
[著] 織部ソマリ

前世では普通に作っていたポーションが、
今世では超チート級って本当ですか!?

迷宮によって栄える都市で暮らす少年・ロイ。ある日、『ハズレ』扱いされている迷宮に入った彼は、不思議な塔の中に迷いこむ。そこには、大量のレア素材とそれを食べるスライムがいて、その光景を見たロイは、自身の失われた記憶を思い出す……なんと彼の前世は【製薬】スライムだったのだ！　ロイは、覚醒したスキルと古代文明の技術で、自由に気ままな製薬ライフを送ることを決意する——『ハズレ』から始まる、まったり薬師ライフ、開幕！

◉定価：1320円（10%税込）　◉ISBN 978-4-434-31922-8　◉illustration：ガラスノ

この作品に対する皆様のご意見・ご感想をお待ちしております。

おハガキ・お手紙は以下の宛先にお送りください。

【宛先】

〒150-6019 東京都渋谷区恵比寿 4-20-3 恵比寿ｶﾞｰﾃﾞﾝﾌﾟﾚｲｽﾀﾜｰ 19F
（株）アルファポリス　書籍感想係

メールフォームでのご意見・ご感想は右のＱＲコードから、
あるいは以下のワードで検索をかけてください。

アルファポリス　書籍の感想

ご感想はこちらから

本書はWebサイト「アルファポリス」（https://www.alphapolis.co.jp/）に投稿されたものを、改稿、加筆のうえ、書籍化したものです。

没落した貴族家に拾われたので恩返しで復興させます２

六山葵（ろくやまあおい）

2024年 1月31日初版発行

編集－今井太一・宮田可南子
編集長－太田鉄平
発行者－梶本雄介
発行所－株式会社アルファポリス
〒150-6019 東京都渋谷区恵比寿4-20-3 恵比寿ｶﾞｰﾃﾞﾝﾌﾟﾚｲｽﾀﾜｰ19F
TEL 03-6277-1601（営業）　03-6277-1602（編集）
URL https://www.alphapolis.co.jp/
発売元－株式会社星雲社（共同出版社・流通責任出版社）
〒112-0005東京都文京区水道1-3-30
TEL 03-3868-3275
装丁・本文イラスト－福きつね
装丁デザイン－AFTERGLOW
印刷－中央精版印刷株式会社

価格はカバーに表示されてあります。
落丁乱丁の場合はアルファポリスまでご連絡ください。
送料は小社負担でお取り替えします。
©Aoi Rokuyama 2024.Printed in Japan
ISBN978-4-434-33338-5 C0093